甘えたい幼馴染は「なんでも言うコト聞く券」を持って、
キスをしたいと迫ってくる
amaetai osananajimi ha “nandemo iukoto kiku ken” wo motte,
kiss wo shitai to semattekuru.
「キス、いつしてくれるんですか？」
なんでも言うコト聞く券
日比谷《ひびや》
美人な幼馴染
昔涼太からプレゼント
「なんでも言うコト聞く券」を
使って恋人に!?
JN049409

「私の方に傘傾けなくていいですよ。涼太くんの肩、濡れちゃってます」
「でもそうしたら、日比谷が濡れるから」
「私はいいんです。涼太くんが風邪を引く方が問題ですから」
早《はや》坂《さか》涼《りょう》太《た》
陰キャな高校生、
日比谷と付き合うことに。
勉強が得意。

「涼太くん、少し屈んでください」
「こう？
ち、近すぎる気がする」

「お寝坊さんですね涼太くん」

「おはようございます。
もうお昼近いですよ」

「早く写真撮らないと、
もっと近づきますよ」
「……っ。わ、わかった。
撮るから」

甘えたい幼馴染は「なんでも言うコト聞く券」を持って、キスをしたいと迫ってくる

朝陽千早

ファンタジア文庫

3233

口絵・本文イラスト　シソ

CONTENTS

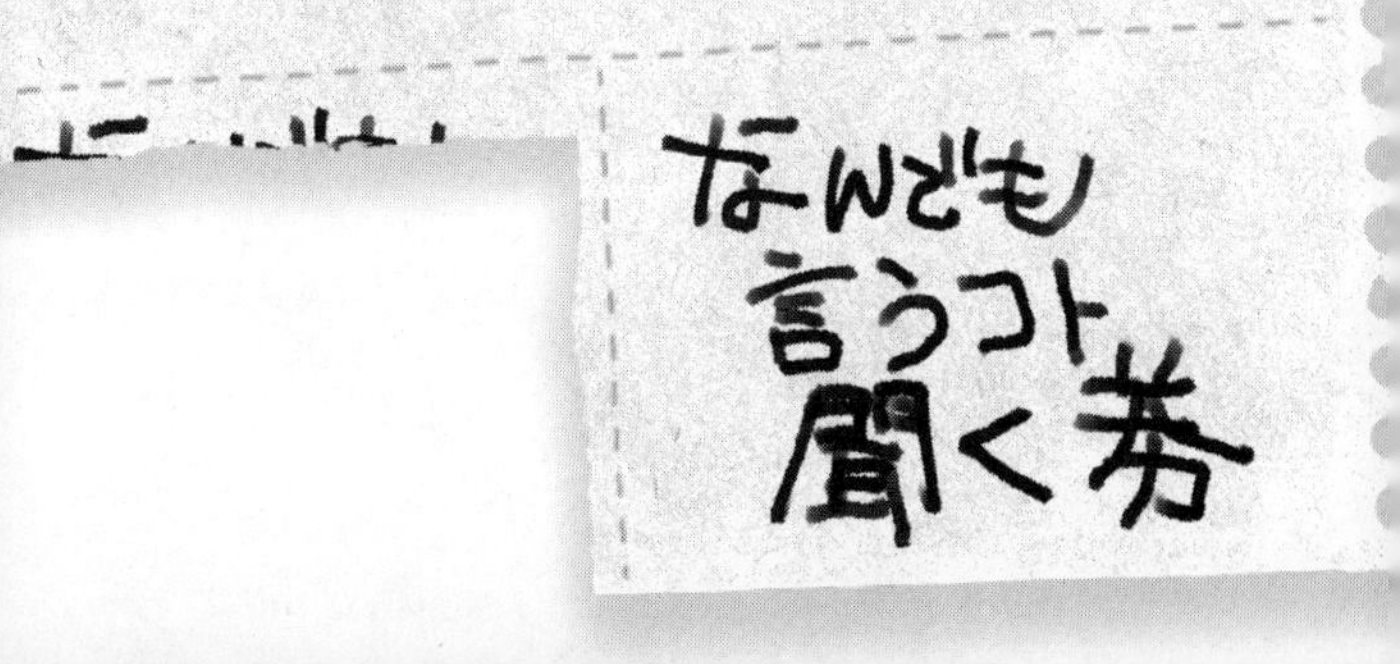

プロローグ

「子供を作りませんか、涼太《りょうた》くん」

それは何ら変哲のない、昼下がりのリビングでのことだった。

ナポリタンで腹ごしらえをした後、大学受験の勉強を進めている最中に、その突飛な要求は飛んできた。

俺――早坂《はやさか》涼太はシャーペンをテーブルの上に転がすと、レモンの果汁が入った紅茶をちびりと口に含む。

「……今、子供を作るとか言わなかった？」

「はい。私、涼太くんとの子供が欲しいです」

向かいの席に座る幼馴染《おさななじみ》――日比谷《ひびや》沙由《さゆ》は凛《りん》とした表情で、薄茶色の髪を揺らす。両手で顎を支える仕草を取って、ふわりと微笑《ほほえ》んできた。

「病院、連れてった方がいいのかな……」

「産婦人科はまだ早いですよ？　もっと先にやることがあるじゃないですか」

「いや脳外科あたりに」

「もしかして、私の頭がおかしいって言いたいんですか？」

ぷっくらと頬に空気を溜《た》めて、恨めしそうに睨《にら》んでくる。

「言いたいというか、実際おかしいからね？　俺たちまだ高校生だし」

「固定概念に囚《とら》われていてはいけません。いつの時代も、他の人と違うことをする人間が頭角を現すんです」

「別に頭角を現さなくていいよ……」

「現しましょうよ！　それにほら、涼太くんの子供なんて絶対可愛《かわい》いですよ？　国の宝ですよ？　だから、作りましょう！　ね？」

物欲しそうな目で訴えかけてくる。くっ……その上目遣い反則だろ。

赤らんだ顔を右手で覆い、視線をそっぽに背ける。

「お前に似れば、そりゃ可愛いだろうけど……」

「いえ、涼太くんに似た方が絶対可愛いです」

「は？　一回、鏡見てきた方がいいんじゃないの？」

「涼太くんこそ……って、ここで言い争っても仕方ないですね。とにかく、私と一緒に子作りしましょう！」

グッと胸の前で両手を握って、眩《まぶ》しい笑顔を咲かせる。俺は首を横に振ると、キッパリと告げた。

「作りません。子供なんて無茶にも程がある」

「無茶じゃないです。ちゃんとプランを考えてますし」

「プラン？」

「はい。私たちの子供なんですから、ひとたび街に出ればスカウトの人の目に留まり子役街道まっしぐら。一躍スターになって、生活を支えてくれます。どうですか、完璧なプランでしょう？」

「とんだ親バカじゃねーか！」

「え、涼太くんは無理だと思ってるんですか？」

「余裕だと思うけど」

「涼太くんも大概ですよね」

「ただ、その案は論外だからな」

「いい案だと思うんですけど……でも、確かにそうですね。私たちの天使のように可愛い子供をメディアに出演させたくないですよね」

「いや……まぁいいや、そういうことで」

俺はホッと胸をなで下ろす。

彼女は突然、妙なことを言い出すきらいがあるからな。

取り敢《あ》えず、この話の終着点が見え始めたかと思ったのも束《つか》の間。

「ややこしい話は抜きにして、やっぱり私、涼太くんとの子供が欲しいです。男の子でも女の子でも、最高に可愛いと思うんです。だから、私たちの子供を作りませんか？」

爛々《らんらん》と目を輝かせ、前のめりになって距離を詰めてくる。

初めて遊園地に来た子供よろしくハイテンションだった。そんな彼女とは対照的に、俺は引きつった表情を浮かべながら。

「普通に無理だから……子供は諦めてください」

「そうですよね。涼太くんならそう言うと思いました。なので――」

「な、なにかなそれ……」

「忘れたとは言わせませんよ。涼太くんが昔くれた『なんでも言うコト聞く券』です」

右ポケットから一枚の紙切れを取り出して、俺の目前に運んでくる。

年月が経《た》ってよれた紙に、マジックペンで『なんでも言うコト聞く券』と書かれている。

隅っこには『日比谷沙由専用』の表記もあった。

なにを隠そう、これは俺が昔、彼女にあげたものだ。

なんでも
言うコト
聞く券
日比谷沙由専用

「私と一緒に子供を作ってください、涼太くん」

「た、確かに、なんでもとは書いてあるけどさ……本当になんでも言うことを聞かせていいものじゃないと思う」

「私、使える権利は最大限有効活用するタイプなんです」

「活用しすぎだろ。もっと他の要求に変更とか——」

「無理です。ちゃんと言うこと聞いてくださいね、涼太くん」

彼女は俺の右手に『なんでも言うコト聞く券』を握らせると、柔和《にゅうわ》な笑みを浮かべる。

だくだくと冷や汗を垂れ流す俺……。

まったく、昔の俺はなんてふざけたものをプレゼントしているんだ……。

気軽になんでもとかダメ。絶対ダメだ。口が裂けても言っていいものではない。

昔、俺があげた『なんでも言うコト聞く券』は全部で十枚。

すでに七枚消費したが、彼女の手元にはまだ三枚残っている。

ここに至るまで、なんでもという名に恥じない要求を彼女にはされてきた。

それにしても今回のは極めつきだな。いや、一番最初も大概か……。

あれは、今からおよそ半年前に遡ることになる。

第一章　日比谷沙由《ひびやさゆ》は恋愛がしたい

五月初旬。五日間用意されたゴールデンウィークの初日。

我が家のリビングにて。

俺——早坂涼太《はやさかりょうた》は、幼馴染からの絶え間ない怨嗟《えんさ》の声に耳を傾けていた。

「海が一望できるホテルで彼氏とお泊まりデートって法令を違反していると思うんです！　しかも、ラブラブの写真をＳＮＳのトレンドが入れ替わるくらいの頻度で送ってくるとか、何の仕打ちですか。新手のイジメですよね。涼太くんもそう思いませんか？」

「そ、そうだな……」

影が落ちるほど長いまつ毛。少し湿った薄桃色の唇。枝毛ひとつない薄茶色のショートカット。鼻筋は通っていて、目はパッチリ二重。

美少女ナンバーワンを決めるコンテストで堂々のグランプリを獲得しそうなほど、端整な容姿をした彼女——日比谷沙由《ひびやさゆ》は、友人から送られてくる幸せ満載の写真を前に負の感情をありありと覗《のぞ》かせていた。

俺にとって彼女は、物心がつく前から一緒にいる幼馴染。だからこうして、愚痴を言いに俺の家にやってくるのは珍しいことではなかった。

日比谷はスマホの液晶に向かってぱちんとデコピンをすると、嘆息混じりに呟《つぶや》く。

「はぁ、私も彼氏ほしいです……」

「日比谷なら簡単に作れると思うけど。モテるんだし」

「……彼氏、ほしいです」

「いや、俺に向かって手を合わせられてもな……。俺に恋愛のご利益《りやく》とかないから」

日比谷は柳眉《りゅうび》を八の字にすると、唇をムッと尖《とが》らせる。

「涼太くんは鈍すぎると思います」

「……？　どういうこと？」

力なく肩を落として、コップに入った麦茶をすする日比谷。

今度は説教でもするような態度で、つらつらと矢継ぎ早に口を開いた。

「私は好きな人と恋愛をしたいんです。彼氏がほしいからって興味ない人と付き合ったりしません」

「じゃあ、まず好きな人を探さないとか」

「……好きな人ならいますよ」

「そ、そうなんだ。へぇ……俺の知ってる人？」

「はい。私が誰よりも彼のことを理解している自負があります」

「すごい自信だ」

「そして私の次に、涼太くんがその人のことを理解してると思います」

「は？　そんな人いる？」

日比谷が一番の理解者で、その次が俺。そんな知り合いに見当がつかない。

高校は別々のところに通っているが、幼稚園から中学校までは一緒。だから交友関係も重なっている部分はあるけれど、そんな人物に心当たりがなかった。

日比谷は頰に朱を差し込むと、プルプルと忙《せわ》しなく震え始めた。

「涼太くんは本当に、ほんっとうに鈍感ですよね。ギネス級の鈍さだと思います」

「そ、そう言われても……。なにかヒントとか」

「すでに答え言ってるようなものですけどね」

「真面目に目星つかないんだけど」

日比谷は恨めしそうに俺を睨んでくる。

その気迫に気圧《けお》されていると、彼女はプイとそっぽを向いて続けた。

「涼太くんは……恋人がほしいとか思わないんですか？」

「そりゃ、人並みには思うよ。でも、彼女を作るために行動を起こせないっていうのかな。振られたら怖いしさ」

気になる子がいないわけじゃない。

付き合ってみたいと思う子はいる。でも、告白すれば以前までの関係ではいられない。その恐怖に太刀打ちする勇気が生憎《あいにく》と俺にはないのだ。

「奇遇ですね。私も同じです。告白なんてしたことないですけど、振られるかもって想像するだけでゾッとします」

日比谷は自らの肩を抱いて、困ったように笑みをこぼした。

「でも、いつまでも我慢できないです。私だって、彼氏とイチャイチャしてみたいです」

「……そっか」

日比谷は固く拳を握り締める。

ただでさえ大きいブラウンの瞳を俺に向けて、ダイニングテーブル越しに顔を近づけてきた。

「なので涼太くん、私の言うこと聞いてくれませんか」

「言うこと？」

「はい。これを使うので」

「……え？　いや、それって」

日比谷はポケットから紙切れを取り出すと、テーブルの上に滑らせてきた。

よれた紙に書かれた汚い字。その字には見覚えがあった。

たしか……小学生のときに、日比谷にあげたやつだ。

マジックペンで『なんでも言うコト聞く券』と書かれている。

「覚えてますか、これ。私の誕生日に涼太くんがプレゼントしてくれたものなんですけど」

「覚えてる……てか今、思い出した」

あれは日比谷が九歳になった誕生日のことだ。


「俺、さーちゃんのためなら、なんでもする。だからこれはその証明書」

「しょ……しょうめ……？　りっくんは難しい言葉知ってるね」

「そうでもないって。とにかくこれを使ってくれれば、どんなことでもするからさ」

「なんでも……本当に、なんでもしてくれるの？」

「当たり前だろ。だ、だから、またちょっかい掛けられたら必ず俺に言ってよ。俺、さーちゃんのこと守るから」

「うん。ありがと、りっくん。これ大切にする！」

「お、おお……」

確か、こんなやり取りをして、俺は日比谷に『なんでも言うコト聞く券』をあげた。

日比谷は病弱で学校を休むことが多く、そのせいか男子からちょっかいを掛けられることが多かった。

おそらく、独占欲だったと思う。日比谷が他の男子と話しているのが嫌で、俺を頼ってほしくて、この券をプレゼントしたのだ。

結局、券を使わずとも俺が勝手にお節介を焼いていたので、今日に至るまで『なんでも言うコト聞く券』が日の目を見ることはなかったが。

「でも、なんでそれを今更」

「ですから涼太くんに言うことを聞いてほしくて」

日比谷はふわりと微笑《ほほえ》むと、両手をそっと合わせた。

「要するに彼氏作りの協力をしろってこと？」

「端的に言えば。ただ、私だいぶ我慢したと思うんです。正直、恋人関係で満足できる位置にはもういないというか。いっそ結婚したいレベルというか」

「結婚は急ぎすぎじゃないかな。第一、日比谷の好きな人は結婚できる年齢なの？」

「それは大丈夫です。その人、この前十八歳になったばかりなので」

この前、ということは日比谷が好きな人は同学年なのだろう。

四月生まれの人間、誰かいたかな……。生憎と、俺以外に四月生まれの人間が浮かんでこない。

「でも、付き合うことから始めるべきだと思う。そもそも、いきなり結婚してとか言われても相手が難色を示すだろうし」

「はい。ですから、この『なんでも言うコト聞く券』の使い時だと思って」

「いや、それを使ってどうこうなる問題じゃないでしょ。それは俺に言うことを聞かせられる券であって、日比谷の好きな人に言うことを聞かせられる訳じゃないんだし」

「だから使うんです」

「え？」

俺は日比谷の考えていることが分からず、眉根を寄せる。

日比谷はニコリと口角を上げると、薄茶色の髪を揺らして日常会話をするようなノリでお願いしてきた。

「この券を使うので、私と結婚してください。涼太くん」

一瞬、時が止まったみたいだった。

俺はビクッと肩を跳ねると、パチクリとまぶたを開け閉めする。頭上に浮かぶのは無数の疑問符。

やがて脳の理解が追いつくと、俺は耳や首まで真っ赤に染めた。

「な……なな、なに言って……じょ、冗談きついって」

「私、もう我慢できません。いつまでも幼馴染《おさななじみ》のままじゃ嫌です」

「で、でも結婚って、それはさすがに。てか、日比谷の好きな人って」

「はい。目の前にいます」

点と点が線でつながった。

頭から湯気が出そうなほど、顔に熱がたまる。

冷静な思考は頓挫して、黒目がぐるぐるとあてもなく泳いでしまう。

「好きです、幼馴染としてじゃなくて、一人の男性として涼太くんが好きです。だから、私と結婚してください」

予想だにしない展開。

俺は金魚みたいに口をパクパクさせるので精一杯だった。

「ま、待って。どうして結婚なんだよ」

「結婚したいくらい好きなんです。大体、いつまで経《た》っても気づいてくれない涼太くんが悪いんじゃないですか。ずっとアプローチしてたのに」

ぽしょりと告げられて、俺は水を掛けられたようにハッとする。

思い返せば、彼女からアプローチと思《おぼ》しき事をいくつもされてきた。今日だってそうだ。

だが、日比谷が俺を恋愛対象として見てくれているとは思わず、無意識的に考えないようにしていた。勘違いして、思い上がらないように。

「見てください、涼太くん」

日比谷は唖然《あぜん》とする俺の肩をちょんちょんと小突く。

促されるがまま視線を向けると、彼女は『なんでも言うコト聞く券』の裏面を見せてくる。

「俺、こんなこと書いてたのか……」

「はい。読み上げますね」

「よ、読み上げなくていいだろ」

「コホン……『早坂涼太は、日比谷沙由の言うコトをなんでも聞きます。俺にできることはなんでも言ってください。必ず叶《かな》えます』。ふふっ、私との結婚は涼太くんにできること、ですよね？」

朗らかな笑みを咲かせて、日比谷は優しく両手を合わせる。

毛穴という毛穴から、じわじわと汗がにじみ出てくる感覚。

「なんでもって言っても、さすがに限度があると思う……」

「それなら結婚を要求するのはダメですって注釈がないと」

「そこまで先読みできるか！」

「大切に保管しておくものですね、こういうものは」

日比谷は勝ち誇ったように破顔する。

参ったな、どうすれば……。俺は手汗を固く握り締めると、別の切り口で説得を開始する。

「日比谷、結婚の話は冗談じゃなくて本気で言ってるって解釈していいの？」

「はい。……私は涼太くんのお嫁さんになりたいです」

「でも、悪いけど俺、日比谷と結婚はできないよ。俺から『なんでも言うコト聞く券』とかあげといて、その約束を守れないのは申し訳ないと思う。でもさ、今の俺には結婚できるだけの甲斐性《かいしょう》はない」

おふざけの延長線上みたいな求婚だったが、日比谷が本気で結婚したいと言ってくれているのはわかる。そのくらいはさすがに、幼馴染として判別できる。

逆プロポーズを断ることに針を刺したような痛みが胸を突き刺す。だが、ここは耐えるしかない。いくら気心の知れた幼馴染といえど、交際０日婚なんて常軌を逸脱している。学生結婚なんて、世間知らずもいいところだ。

「……そう、ですよね」

「わかってくれた？」

日比谷はしゅんとうつむくと、影を見せる。下唇をギュッと噛《か》み締めて、目尻に涙を溜《た》め込んだ。

「はい……。やっぱり涼太くんは私のこと異性としては見てないですよね。わかってたつもりなんですけど……。でも、どうしても耐えられなくて」

「え、待って。そんなこと言ってない」

「いいんです、わかってますから。涼太くんが女の子と二人きりでいたのも知ってますし」

「いや、それなんか誤解してないか？」

確かに、身に覚えはある。

誰の事を指しているのかも見当がついている。なぜ見当がつくのか、その理由はシンプル。女友達がロクにいないからな、俺。……悲しい推理である。

日比谷は、視線をあさっての方に逸《そ》らした。

「彼女ができたなら、どうして報告してくれないんですか。『俺、コイツと付き合うことになったんだ』って幸せオーラ全開に容赦のない一撃を喰《く》らわしてください。……そしたら私、負けヒロインらしく潔《いさぎよ》く成仏《じょうぶつ》しますから……」

「だから誤解してるって。俺、彼女なんかできてない！」

「いいんです、無理矢理言うことを聞かせて略奪を企《たくら》み、あまつさえ結婚しようとまで調子に乗ってる私なんて初めから負け犬だったんです。……すん。これから涼太くんとの関係もギクシャクするんでしょうね……」

「ま、待てってって。一人で先走りすぎ、話聞けって！　彼女なんかできてないし、そもそも俺が好きなのお前だから！」

「え？」

「あ」

気づいたときにはもう遅かった。

つい勢いあまって、胸の内にずっと蓄えていたものが漏れていた。

結婚なんて強烈ワードが飛び出していたせいで、冷静さが著しく欠けていたようだ。

途端、静寂がリビングを満たしていく。

日比谷はぼわっと一瞬で真っ赤に顔色を染めると、俺から視線を外す。俯《うつむ》き加減に。

「涼太くんは優しいから、そんな嘘《うそ》を……」

「う、嘘じゃない」

「ほ、ほんとですか……。私、涼太くんの言うこと簡単に信じちゃいますよ？」

「知ってる。だから、日比谷に嘘つく気はないよ」

日比谷は耳や首までその赤みを伝染させると、膝の上に両手を置いて借りてきた猫みたいに大人しくなる。

「で、でも涼太くん、私が彼氏ほしいって言っても、『日比谷なら簡単に作れると思うけど』って気のないこと言ってきたじゃないですか」

「だって……日比谷が俺のこと、好きでいてくれてるなんて思わなかった。でも、日比谷には笑っててほしいから彼氏ができて幸せになるなら、その方がいいかなって思っただけ」

自分で言ってて恥ずかしくなってきた。

居た堪《たま》れない空気が蔓延《まんえん》しているせいか、俺の頭のネジが緩んでいるようだ。

「……っ。私は涼太くんが彼氏じゃないなら、ちっとも幸せじゃないです。だ、だから」

涙で潤んだ瞳。下から覗《のぞ》き込むように見つめられ、俺の心臓が知らない跳ね方をする。

バクバクとうるさい心音。

これより先の言葉を彼女に言わせるのは男が廃る。だから、俺は彼女の声を遮って。

「じゃあ付き合うか？　……俺たち」

「は、はいっ。私を涼太くんの彼女にしてください！」

日比谷はぱぁっと無垢《むく》な瞳を輝かせて満面の笑みを咲かせる。

彼女の目を見るのがこそばゆくて、視線を右往左往させてしまう。

「どうしよ。全然、恋人ができた実感ないんだけど」

「私もです。でも、ふふっ……勇気出してよかったです。私たち両想《おも》いだったんですね」

頬を綻ばせて、日比谷はチラリと視線を送ってくる。

俺はいよいよこの空気に耐えられなくなって、話題を転換することにした。

「てか、よくこんな昔あげたものを持ってたな」

「涼太くんからもらったものは全部大切に保管してありますよ」

「けっこうゴミ同然のものもあげてた気がするんだけど」

「私にとってはダイヤモンドより貴重です。捨てたりなんかできません」

また頭に血が上ってきた。そろそろ熱出して倒れるんじゃないか、俺。

「でも、どうしましょうこれ」

「どうするって……あぁ」

テーブルの中央に置かれた『なんでも言うコト聞く券』。

結局、使われずに放置されている。

「ちなみにこれ、全部で十枚あるんですよね」

「……あ、たしかにあげたかも」

そうだった。俺は十枚あげたのだ。

日比谷は、ポケットから似た紙切れを取り出して見せてくる。

間違いなく俺の汚い字で、偽造している形跡もない。本当に大切に取っておいてくれたのか。

「せっかくなので、少しワガママ言ってもいいですか？」

「いいよ。俺にできることはする」

俺の人生で初めてできた彼女だ。俺にできることならしてあげたい。

日比谷はニコリと微笑を湛《たた》えると、仄《ほの》かに頬を紅潮させて両手をすり合わせる。

「私、涼太くんとは長い関係を続けていきたいんです。せっかく付き合えたのに、すぐ別れるみたいなのは嫌です。だから、結婚を前提に付き合ってくれませんか？」

俺は息を呑《の》み込み、逡巡《しゅんじゅん》する。

結婚はさすがに無理だけれど、前提にしたお付き合いならできないことはない。

それに俺だって三ヶ月で別れるみたいな、短い関係で終わらせたくはない。……こんな券、さっさと消化した方がいいしな。

「結婚を前提、だから。必ず結婚するってわけじゃないから」

「はい。涼太くんが私以外の女の子に興味持てなくなるよう頑張りますっ」

陽《ひ》だまりのような笑顔を咲かせて、日比谷は確固たる意志を伝えてくる。

俺はいよいよ彼女の目を見られなくなった。

何はともあれ、俺は幼馴染《おさななじみ》とお付き合いを始めることになったのだった。

昔、日比谷にあげた『なんでも言うコト聞く券』は十枚。残りの九枚が俺の日常を大きく振り回すことになるのだが……このときの俺にはまぁ、知る由《よし》もないことだ。

第二章　日比谷沙由《ひびやさゆ》は○○がしたい

幼馴染と付き合うことになった。

晴れて彼女いない歴＝年齢の呪縛から解き放たれ。

ようやく、俺の灰色な学生生活が甘酸《あまず》っぱく色付き始めるわけだけど……。

「私、子供は野球チームができるくらい欲しいです！」

「頑張りすぎでは……」

俺の彼女は、恋人関係で満足している様子はなかった。

付き合い始めてからまだ五分も経《た》っていないのに、会話の節々で結婚を匂わせてくるくらいだ。先行きが思いやられる……。

と、俺は気になっていたことを訊《たず》ねることにした。

「日比谷《ひびや》は俺と結婚したがってるけど、そんなにしたいの？　学生が結婚してもメリットないと思うけど」

社会に出ていれば、扶養手当や税金控除《こうじょ》などメリットがある。

メリットデメリットで考えるのは野暮かもしれないが、結婚することで生じる得があるのは事実だ。しかし俺たちは学生。親の脛《すね》をかじっている立場。

結婚に踏み切ったところで、得るものは少ない。それどころか、周囲から色眼鏡で見られかねない。

日比谷は瞳の中に不安を宿すと、スカートの裾をギュッと掴《つか》んだ。

「何を言っても引かないでくれますか？」

「大丈夫。引かないよ」

ついさっき逆プロポーズをされた衝撃を受けている。並大抵のことじゃ引いたりはしないだろう。

日比谷はゴクリと生唾を飲み込むと、頬を赤らめながら。

「独り占め、したかったんです」

「独り占め？」

「はい。涼太《りょうた》くんを他の誰にも取られたくないんです。結婚すれば、恋愛目的で涼太くんに近づきにくくなるじゃないですか」

「……それだけ？」

「それだけですけど、ダメですか？」

「いや、ダメってことはないけど」

正直、拍子抜けだった。

結婚を迫ってきたからには、込み入った事情でもあるのかと勝手に想像を膨らませていた。

けど、それだけか。少し言い方が悪いけど、それが率直な感想だった。

「ところで」

「ん？」

「涼太くんはいつになったら、私のことを名前で呼んでくれるんですか？」

「名前……あ、そっか」

名字呼びが定着していたせいか、名前で呼ぶという発想がなかった。付き合い始めた男女であれば、名前で呼び合うのが一般的。

名字呼びのカップルも探せばいるだろうが、日比谷は名前呼びを求めてきている。

「わかった、善処してみる」

「じゃあ早速お願いします」

「い、今から言うの？」

「はい。じゃないと涼太くん、ズルズル引き伸ばしそうですし」

「よくご存じで……」

「幼馴染ですからね。あ、名前が厳しいなら、『嫁さん』でも大丈夫です」

「それハードル上がってるんだけど」

「妻でも家内でも……あ、奥さんでも良いですよ？」

「もっと無理だから」

俺はため息混じりに言う。

名前で呼ぶことでさえ抵抗があるのに、嫁さんだの奥さんだの呼べるわけがない。大体、気軽に呼んじゃダメだろう。

「つれないですね。じゃあ、大人しく名前で呼んでください」

「……わ、わかった」

日比谷に催促される。

そうだな。ここでウジウジしているのは男らしくない。サクッと呼んでしまおう。

変に、間を置くから呼びにくくなるのだ。気負わずに、しりとりでもするみたいに、平然と――

「沙由《さゆ》」

「……っ」

彼女の名前を呼ぶ。

しかし、返ってくる言葉はない。重たい沈黙が落ちるだけだった。

「…………」

「…………」

「ひ、日比谷？」

「ひゃ、ひゃい。な、なんですか涼太くん」

「名前で呼んでみたんだけど……」

「や、えっと……はい」

日比谷の顔がみるみるうちに、赤くなっていく。

さっきは結婚をお願いしてきたくせに、名前を呼ばれたくらいでここまでウブな反応をしてくるとは思わなかった。もう一度やってみる。

「さ、沙由」

今度は首や耳まで真っ赤に染めて、うつむいた。目も合わせてくれない。

しばらくテーブルを挟んで向かい合った姿勢のまま、無言の時間を過ごす。居た堪《たま》れない空気が、リビングを満たしていく。この状況を打破する方法を考えていると、日比谷がポツリと口火を切った。

「りょ、涼太くんは、恥ずかしがり屋さんですからね。仕方ありません。今はまだ名字呼びのままで構いません」

「照れてたのは日比谷の方だった気がするけど」

「ち、違いますっ。私はただ嬉《うれ》しくて舞い上がっちゃっただけで……」

「なら、名前呼びを続ける？」

「ば、バッチ来いですっ」

胸を張って、さあ来いと覚悟を決める日比谷。

「いやそんな気構えられると逆に呼びにくい……」

長年続けてきた呼び方を変更する難しさに直面していると、日比谷はキョロキョロと周囲を見回し始めた。

「あれ？　そういえば、美咲《みさき》ちゃんはいないんですか？」

美咲——一つ年下の俺の妹のことだ。

麦茶を一口飲んで、渇いた喉を潤してから質問に答える。

「美咲なら二日くらい前から旅行に行ってる。だから今は家にいないよ」

「へえ、そうなんですねっ」

「嬉しそうだな」

「い、いえ、喜んでるわけでは！」

過剰なまでに両手をブルブルと振る日比谷。けれど口の端は明らかに緩んでいた。

日比谷と美咲は折り合いが悪い。

顔を合わせれば視線で火花を散らせるし、口を開けば数秒後には喧嘩《けんか》を始める。一言で表すなら、犬猿の仲。どうしてそんなに仲が悪いのかは、イマイチわからないが。

「ちなみに、いつまで帰ってこないんですか？」

「いつまでって言ってたかな。例によって一ヶ月くらいは帰ってこない気がするけど」

「じゃあその間、涼太くんは家でずっと一人ってことですよね？」

「うん。そうだけど」

親父《おやじ》は海外に出張に行っている。家事炊事がてんでダメな親父を見兼ねて、母さんがその付き添いをしているため、両親は不在。

俺と妹の二人暮らし状態が続いていたのだが、妹が旅行に出かけているので今は一人。

少し話は逸《そ》れるが俺の妹はニートみたいなものだ。たまたま買った宝くじで億万長者になった彼女は、自由奔放に好き勝手生きている。

高校を放《ほ》ったらかしにして、ハワイ旅行を決行しているくらいだからな。色々と規格外な妹である。

と、妹の現状を振り返っていると。

「――このチャンスは逃せません。同棲《どうせい》しましょう、涼太くん！」

突然、耳を疑う言葉が正面から飛んできた。

まぶたをパチパチと開け閉めすると、俺は当惑気味に声を上げた。

「今、同棲とか聞こえた気がするけど……聞き間違いだよね？」

「安心してください。涼太くんの耳は正常です」

「いっそ異常であってほしかった」

「むっ、涼太くんは私と一緒に暮らすの嫌なんですか？」

薄く目を開いて不満げな表情をした日比谷が、俺を責め立てるように言う。

冗談であってほしいけど、日比谷の顔を見る限り本気だろう。相変わらず、日比谷の考えている事は予想できない。そこが好きだったりもするのだけど、こうも突拍子がないと困ったものだ。

「嫌とかの問題以前だと思う。高校生がしかも付き合い立てで同棲って、いくらなんでも展開が早過ぎるよ」

「テンポが早いのは悪いことじゃないと思います」

「大体、俺と日比谷が同棲したらおばさんが困るだろ。家事とか諸々《もろもろ》」

「その心配はいりません。お母さん今、家にいないんです」

「そうなの？」

「はい。お仕事の関係で今朝から北海道の方に行ってるんですよ。それで三ヶ月くらい家を空けることになってて」

「そうなんだ」

「だから同棲を始めても誰にもバレません」

日比谷は口先に人差し指を置いて、ニコリと微笑を湛《たた》える。

確かに、日比谷の言う通りバレるリスクは少ない。が、あくまで少ないだけだ。

「どうかな。親父さんが日比谷の様子を見に帰ってくるかもしれない。その時、同棲してたらどうなるかわかったもんじゃない……っつか、俺の命が危ない……」

良くない想像が脳裏をよぎり、声のトーンが徐々に下がっていく。

想像しただけで身の毛がよだった。

日比谷の父親は、日比谷のことを溺愛している。

大事な一人娘だからか、日比谷に近づく男は何人《なんぴと》たりとも許さないとかいう過保護っぷり。

　幼馴染という境遇でなければ、俺はとっくに殺されていたかもしれない。いやマジで。

今は別居中だけど、親父さんにバレないという保証はない。もしバレたら、半殺しは逃れられないだろう。

というか、恋人になっている時点で既に手遅れか。俺の死期は近い。

「大丈夫ですって。そう都合良く帰ってきませんよ」

「フラグを立てるな。あ、あとほら、幼馴染とはいえ一緒に住むには親の許可がないとさ」

「許可があればいいんですか？」

「え、いや……そういうわけじゃ」

日比谷はスマホを取り出すと、慣れた手つきで文字を打ち始める。三十秒ほど経《た》ってから、液晶画面を俺に見せてきた。

「これでいいですか？」

メッセージアプリの画面。

『涼太くんの家に住んでもいいですか？』

『涼《りょう》ちゃんは許可してくれてるの？』

『親の許可がないとダメだって言われまして』

『そうなんだ。涼ちゃんが一緒なら安心だし、お母さんは賛成。頑張って♪』

偽装した形跡はなく、ついさっきメッセージが送られてきている。

「あの人、相変わらず適当だな……」

「ふふっ、これで同棲してくれますよね？　涼太くん」

「い、いやいや無理だって！　同棲は飛躍しすぎだよ」

「なんでですか。しましょうよ同棲！」

「付き合っていきなり同棲はおかしいって」

「むぅ。……涼太くんのわからず屋」

日比谷が頬を膨らませて、拗《す》ねたように言う。

次の瞬間、ポケットをまさぐり始めた。

額から冷や汗がにじみ出る。嫌な予感がした。

「ちょ、ちょっとなに、してるの？」

「わからず屋の涼太くんに言うことを聞いてもらおうと思いまして」

日比谷はむくれた表情から一変、ニッコリと陽《ひ》だまりのような笑顔を見せる。

そして、ちょっと前にも見たあの紙っぺらを取り出すと、俺に向かって差し出してきた。

「涼太くん、私と同棲してください」

「拒否権は――」

「ありません」

即答された。

本気で、日比谷は同棲を求めてきている。

それがわかってしまうだけに、俺は頭を悩ませざるを得なかった。

「それに、同棲することは私の安全にもつながるんですよ」

「どういうこと？」

「今、ウチには誰もいません。なので、私が一人で暮らすことになります。それって結構危ないと思いませんか？　もしかしたら、野蛮な人に襲われるかもしれません」

「いや、日比谷のとこはセキュリティ入ってるでしょ。俺が一緒にいるよりよっぽど安心――」

「私、一人なんです。危ないんです！　そう思いますよね？　涼太くん」

警備会社と契約している以上、俺よりよっぽど頼りになると思うのだけど。

日比谷は、猫のように目尻を尖《とが》らせて睨《にら》みつけてくる。俺はその気迫に気圧《けお》されてしまう。

「あ、はい……そう思います」

「ですよね。じゃあ、どうするべきだと思いますか？」

「えっと……友達の家に泊まる、とか」

「ふざけてるんですか」

「いや、ふざけてないけど……」

　俺の代替案に対して、日比谷は微笑を湛えて対応してくる。だが、目は一切笑っていなかった。

　たらりと、冷や汗が頬を伝う。

「一緒に住んでることがバレたらやばいんだって。ホントに……」

「心配いりませんよ。急にお父さんが私の様子を見にきたりしない限りは」

「それが心配なんだよ！」

「内緒にしてましたけど、もし涼太くんが同棲を拒否する場合、私は親戚の家に厄介になることになるんです。……いきなり遠恋《えんれん》になってもいいんですか？」

「うっ……で、でもそうするべきだと思う」

「私は、嫌です。それに、涼太くんと一つ屋根の下でイチャイチャしたいんです。だから、私のお願い聞いてくださいっ」

日比谷は確固たる意志を瞳に宿して、俺の目を見据える。

頑固な彼女を説得するのは骨が折れそうだ。まぁ、結婚と違って周りを巻き込む大事にはならないし……俺がキチンとモラルを守ればいいだけの話、だよな？

そう、胸の中で自分に強く言い聞かせる。

「はぁ……わかった。ウチにいなよ」

「ホントですか！　やったあ」

「ただ、これだけは約束して。おばさんが帰ってくる頃には同棲は解消。いい？」

「はい、了解です」

ビシッと敬礼のポーズを取る日比谷。

そんなこんなで、付き合い始めてから一時間と経たないうちに、俺たちの同棲が決定した。

第三章　日比谷沙由《ひびやさゆ》は尽くしたい

「……さい。……て……ださい」

脳がとろけるような甘ったるい声。ゆさゆさと肩に荷重が掛かり、俺は意識を覚醒させた。

寝起きで解像度の低い視界に映るのは、薄茶色の髪。俺の胸元に纏《まと》わり付いて離れてくれない。

重たいまぶたをくしくしと手の甲で擦っていると、彼女はクスリと微笑《ほほえ》んだ。

「おはようございます。もうお昼近いですよ、お寝坊さんですね涼太《りょうた》くん」

「もうそんな時か──……っ。な、なにして、ここ俺の部屋だけど⁉」

それは実に一瞬の出来事だった。現状を脳が理解した瞬間、視界が明瞭に映り変わる。

尻尾を踏まれた猫みたいに勢いよくベッドから飛び降りて、俺は喉が張り裂けんばかりの大声を上げていた。

寝起きの声帯には刺激が強すぎる。けれどそれ以上に、今のこの状況は刺激が強かった。

「涼太くんを起こしに来たんです」

「だからっておかしいだろ！」

「なにがですか？」

「俺の布団《ふとん》に潜り込んでることが！」

「ダメなんですか？」

「ダメに決まってる！」

「夫婦なのに？」

「夫婦じゃない！」

俺のベッドの上で、ぺたんと女の子座りをする日比谷《ひびや》。

俺の理性が強靱《きょうじん》だからよかったものの、警戒心がなさすぎる……。

昨日は、日比谷の家から日用品やら何やらをウチに運ぶことに時間の大半を使ったため、特にこれといったイベントもなかった。寝るときも別の部屋で寝たし、この同棲《どうせい》生活もなんとかなるだろうとどこか甘く考えていたが……誤算だった。

俺の彼女は、いささかアグレッシブすぎる。

ふと、俺はあることに気がつき、ほんのりと頬を桜色に染める。

「……？　どうかしたんですか、涼太くん」

「い、いや……その」

どう、伝えたらいいんだろう。

日比谷の着ている黄色を基調とした花柄のパジャマがよれて、無防備に肩が晒《さら》されているのだ。ブラジャーの肩ヒモが見えている。それどころか、パジャマのサイズが合ってないのか、谷間まで覗《のぞ》かせていた。

「ちゃんと言ってくれないとわかりませんよ」

「……っ。え、えっと」

直接言及するのは憚《はばか》られて、挙動不審な態度を取ってしまう。

日比谷は眉間にシワを寄せると、顎を引いて身体《からだ》に視線を落とす。

途端、かぁぁぁと加速度的に頬を上気させた。息つく間も許さない速度で手近の布団を手繰り寄せて、上半身を覆う。

「こ、これは……み、見ないでください！」

「ご、ごめん！」

「今、着けてるのは全然普通のですから、ホントはもっと凄《すご》いのありますから！」

「そんな報告しなくていいよ！」

「だ、だから今見たのは、忘れて、ください」

「……っ。お、おう」

目の下まで布団で隠すと、日比谷は今にも消え入りそうな声で呟《つぶや》く。

居た堪《たま》れない空気から逃げるべく、俺は自室を後にする。

すっかり上気した顔を冷ますため、洗面所へと向かった。

※

ゴールデンウィーク二日目。そんなこんなで恋人ができて二日目。そして同棲二日目の朝。

洗顔やら歯磨きやらと、あらかたやることを終えリビングに入る。ダイニングテーブルには、炊き立てのご飯に、焼き魚、玉子焼きに味噌汁《みそしる》。朝食向きの料理がズラリと並んでいた。時刻は十時過ぎ。

俺が呑気《のんき》に寝ている間に、せっせと作ってくれたのだろう。

日比谷が俺の元にやってくる。

さっきの出来事など、何もなかったかのような立ち振る舞いだ。掘り返すなと無言の圧を感じるので、俺も記憶の奥底にそっと閉じ込めておくことにする。

「ご飯作ってくれたんだ。ありがと」

「いえ、簡単なものしか作ってないので」

「そんなことないよ。これぞ朝食って感じがする」

「そうですか、えへへ」

「でも言ってくれれば俺も手伝えたのに」

「気にしないでください。旦那さんの朝ご飯を作るのは、奥さんの責務ですから」

日比谷が、爽やかなスマイルを浮かべて言い放つ。

俺は当惑気味に。

「あのさ日比谷。俺たち夫婦ではないからな」

「わかってますよ。冗談です冗談」

「そ、そっか。ならいいんだけど……」

「九割本気ですが」

「それを冗談って言わない！」

「ふふっ、冗談ですってば」

もう訳がわからない。冗談ってなんだろうか。

俺は苦く笑いながら、ダイニングテーブルへと向かう。

程なくして、コーヒーを二つ手に持った日比谷が俺の向かい側に腰を下ろす。

日比谷の着席を確認してから、俺は両の手を合わせて、

「いただきます」

「はいどうぞ」

箸を手に取り、早速玉子焼きを口の中に放り込む。

日比谷は両手を情緒なく擦り合わせると、どこか不安げな表情で俺を見つめてくる。

「どう、ですか？」

「美味《おい》しいよ。うん、すごい美味しい」

「そうですかっ。よかったです」

日比谷が照れ臭そうにはにかむ。

「また、上手になってる。昔は俺の方が料理できたのにな」

「えへへ、ちなみに隠し味が入ってるんですけど、なにかわかりますか？」

「隠し味？　どれに入ってるの？」

「全部です」

全部、か。それは少し引っかかる。

全ての料理に同じ隠し味を使えば、何かしらの違和感は覚えるはずだ。

日比谷の作ってくれた朝食は、家庭的でどれも美味しい。けれど、隠し味らしきものはわからなかった。

これでも舌には自信がある。だから、隠し味が入っていたら気づけると思うのだけど……。

「なにが入ってるの？」

「わかりませんか？」

「ちょっと見当がつかない」

「むぅ、たくさん入れたんですけど」

日比谷がプクッと小さい頬を膨らませる。怒ってはいないだろうが、如何《いか》にも不満そうだった。

俺はコーヒーを口に含みながら、再度考える。が、

「ごめんホントにわかんない。正解は？」

「私の身体から生成された純度一〇〇％の体え――」

「なんてもん入れてんだよ！」

「じょ、冗談ですよ。さすがの私とて、料理の質を損ねる真似《まね》はしません」

「そ、そうだよな。じゃあ隠し味って？」

「秘密です。涼太くんって、本当に鈍いですよね」

日比谷は少し不服そうに、ジトッと湿った視線を送ってくる。隠し味の正体を問い詰めようにも、日比谷はそれ以上教えてはくれなかった。

※

「涼太くん」

「……ん？」

朝食を終えて一段落がつき、十三時を過ぎたあたりだった。

英語の勉強を進めていた俺の元に日比谷がやってきた。

「私、買い物に行ってきます。夕飯は何がいいですか？」

買い物か。そういえば、冷蔵庫の中がだいぶ寂しくなっていた気がする。

「カレー、かな」

「了解です。涼太くん、カレー好きですよね」

「カレー自体も好きだけど、日比谷の作るカレーが特に美味しいからさ」

「こ、これから毎日作りますね！」

日比谷はうずうずと満悦の表情を浮かべながら、グッと拳を握る。

俺は椅子から腰を上げると、英語の参考書を閉じた。

「毎日はやり過ぎ。ほどほどにね」

「そ、そうですね。嬉《うれ》しくてつい……。涼太くんもどこか行くんですか？」

「いや、買い物なら俺も一緒に行こうと思って」

「大丈夫ですよ。買い物くらい」

「荷物持ちくらいするって」

「でも——」

頑《かたく》なに一人で買い物に行こうとする。日比谷は面倒なことは、自分一人で片付けようとするからな。

とはいえ、このまま日比谷一人に買い物を任せる俺ではない。

「か、彼氏なんだし買い物くらい付き合わせて」

「彼氏……そ、そうですね。じゃあ、彼女の買い物に付き合ってもらっていいですか？」

コクリと首を縦に下ろす。改めて言うと、こそばゆいな……。

何はともあれ、俺たちは近くのスーパーへと向かうことになった。

身支度を整えて外に出掛ける準備を済ませる。俺の準備はすぐに終わったが、日比谷がまだ洗面所にいる。化粧中だ。

日比谷は化粧をしてもあまり変化がない。正直する必要がないと思ってしまうのだけど、化粧は必須事項らしい。まぁシミ対策とかもあるみたいだしな。よく知らないけど。

リビングのソファで十五分ほど待っていると、日比谷がやってくる。白を基調としたトップスに膝丈の藍色のスカート。清楚《せいそ》で涼しげな出で立《い》ち。

シンプルな色合いながら身体のラインは強調されており、白い肌が目を惹《ひ》く。日比谷のポテンシャルが引き出されていて、よく似合っていた。月並みだが、街中で遭遇すれば思わず二度見してしまう見栄《みば》え。

「お待たせしました涼太くん」

「お、おう」

ただでさえ可愛《かわい》いのだから、更に可愛くなると目のやり場に困る。

思わずたじろいでいると、日比谷はクスリと微笑《ほほえ》む。

「ふふっ、どうですか？　可愛いですか？」

「か、可愛いと思う」

クルリとその場で一周回って、服装を見せつけてくる。

「え？　なんですか？　もう少し大きな声でお願いします」

「くっ……もう言わない」

「あぁ、いじけないでください！　私が調子乗りました。ごめんなさい！」

「わ、わかったから。抱きつくなって」

日比谷が俺の身体《からだ》に抱きついてくる。

柑橘《かんきつ》系の甘い香りが鼻腔《びこう》をつく。瞬《またた》く間に顔を赤らめると、俺は日比谷の肩に両手を置いて距離を取らせる。

「涼太くんは恥ずかしがり屋さんですね」

「はいはいそうですよ。だから勘弁して」

「嫌です。これまで我慢してきた分も含めて、涼太くんとイチャイチャします」

「……っ。だ、だから抱きつくなって！　買い物に行くんだろ？」

俺は逃げるようにソファから立ち上がる。全身が熱い。微熱くらいならありそうだ。

右手をうちわ代わりにして扇《あお》いでいると、俺の左腕に柔い感触が訪れた。

「はい。行きましょう、涼太くん」

「ち、近いよ。買い物行くだけだよね？」

「買い物だって涼太くんと一緒ならデートです。涼太くんは嫌ですか？　ベタベタしてくる彼女は」

「……嫌じゃ、ないけど」

「なら問題ないですね」

問題は大ありだ。周囲の視線が心配である。

しかし日比谷はそんなことは露ほども気にせず、俺の腕にべったりと密着してくる。バカップル同然の距離感で、玄関を後にした。

結果から言えば、スコールのような大量の視線が俺を痛いほど刺してきた。

住宅街を抜けて駅付近を通っているときが、地獄だった。

「あの子、メチャ可愛くね？」

「顔ちっさ。芸能人かな」

「あんな冴《さ》えないのが彼氏か？」

「どんな弱みを握ってんだよ……」

日比谷への賞賛の声が嵩《かさ》むほど、俺への非難が集まる。これは酷《ひど》い。中には、弟説やレンタル彼女説を唱える人まで出てくる始末。

どう思おうが個人の勝手だけれど、もう少し声量落とせよな……。反論ができない俺サイドにも問題はあるのだけど。

「やっぱ少し離れた方がよくない？」

「腕組んでるカップルくらい、あっちにも、あそこにもいますよ」

「そうだけど、すごい目立ってるから」

「胸を張って見せつければいいんですよ。『コイツは俺のものだ。お前たちには指一本触れさせないぞ』って、オラオラした感じで」

「俺のキャラにそぐわなすぎる……」

そんな事をしたら、火に油を注ぐだけだ。怨念が、いよいよ実害を及ぼすレベルまで肥大化しかねない。

「はぁ。こんな事なら髪型くらい、しゃんとしとくんだったな」

寝癖を整えたくらいで、キチンとセットはしていない。髪型を変えた程度では、焼け石に水かもしれないが。

「涼太くんは、どんな髪型でも最高にカッコいいですよ。だから自信持ってください」

「か、カッコよくないって。眼科行った方がいいんじゃないか？」

「涼太くんは自己評価が低すぎます。涼太くんよりカッコいい人いませんから」

「俺のこと過大に評価しすぎだから。俺とか、探せばどこにでもいるレベルだし」

「じゃあ、どうして私はこんなに涼太くんが好きなんですか！」

「ま、街中で変なこと言うなよ！」

「変なことじゃありません。ホントのことですし」

「うっ……は、恥ずかしいからやめて」

羞恥の色を顔中に浮かべる。

直接『好き』と表現されることに対して、耐性がない。

日比谷はふわりと微笑むと、俺に身を寄せて肩に頭を乗せてくる。

「それに、こうやってイチャイチャするのもちゃんと理由があるんですよ？」

「理由？」

「私が幸せになります」

屈託のない笑顔を咲かせて、頬をだらしなく緩めている。そんな顔を見せられては、俺の調子も狂ってしまう。

俺はポリポリと頬を掻《か》くと、日比谷の手をそっと握りしめた。恋人繋《つな》ぎの要領で、一本一本指を絡《から》めていく。

「こ、これでもっと幸せになる？」

「……っ。は、はい。死んじゃいそうなくらい幸せです」

「死なれちゃ困るから、やっぱやめ——」

「や、やめないでください……」

「お、おう……」

ぽしょり、と消え入りそうな声で呟《つぶや》く。

能動的にイチャつくのは大丈夫なのに、受動になった途端、この初々《ういうい》しい反応。

このギャップはどうにかならないものだろうか。ソワソワした妙な空気が俺たちの間を流れる。

お互いに頬を紅潮させながら十分ほど歩き、緑色の看板が目印のスーパーへとやってきた。

安いと評判のスーパーなだけあって、そこそこ混雑している。

俺が日比谷から手を離そうとすると、彼女はギュッと力を込めて頑なに摑《つか》んできた。

「日比谷。さすがにもう手は離そう。色々弊害あるし」

「で、でもこの幸せを手放したくありません」

「大袈裟《おおげさ》だな……。あとでいくらでも繋ぐから」

「本当ですか？　絶対ですよ、絶対！」

力強く、双眸《そうぼう》に強い意志を宿して迫ってくる。顔が近い……。

「わ、わかったから。ひとまず買い物済ませよう」

「はいっ。じゃあまずは果物から見ていきましょう」

日比谷は柔和《にゅうわ》な笑みを浮かべると、果物売り場へと足を進める。カートを押して後ろをついていく俺。リンゴが並べられたコーナーで足を止めると、あれでもないこれでもないと熟考を始めた。

「随分と見定めるんだな」

「そうですか？　このくらい普通ですよ」

リンゴを二つ手に取り、形や色合いを比べている。

必要な食材を適当に手に取ってカゴに入れるタイプの俺からすると、日比谷の行動はあまり理解できない。

「どっちも同じじゃないか、それ」

「違いますよ全然。ほら、ちゃんと見てください。こっちの方が色合いはいいでしょう？」

「ん、あぁ……じゃあそっちでいいんじゃないの？」

「でも、形が若干歪《いびつ》なのが気になります。こっちの方が形は綺麗《きれい》です」

ほとんど違いがわからないが、気に食わないらしい。

ジーッと目を凝らして頭を悩ませている。

「なんか主婦みたいだな」

一瞬にして頬に朱を差し込む日比谷。深く考えずに口を開いたが、今のはちょっと迂闊《うかつ》だったかもしれない。

「そう……見えますか？」

「う、うん。まぁ」

わずかな沈黙。これ以上、会話の広げ方が見つからず、目を合わせるのも憚《はばか》られる。

ふと、日比谷は手元のリンゴを思い出すと、俺に向かって突き出してきた。

「あ、涼太くんは、どっちがいいと思いますか」

選択する権利を俺にくれるらしい。

正直どちらでもいいが、強いて言えば……そうだな。

俺は片方のリンゴを指さして言う。

「色合いが良い方、かな」

「じゃあ、こっちにします」

「俺の意見で決めちゃっていいの？」

「もちろんです。涼太くんは選択を間違えませんから」

日比谷は朗らかな笑みを咲かせると、カートにリンゴを入れて歩を進める。俺はその後を追随していく。

選択を間違えない、か。

果たしてそうだろうか。しょっちゅう間違えている気がする。

まぁ、リンゴを選ぶ程度で今後の未来が変わることはない。どっちが正解ということもないだろうが。

その後、五分ほど野菜と果物のコーナーを彷徨《うろつ》き、精肉コーナーなど売り場を見て回る。

必要なモノをカゴに入れて、残すはレジで会計を済ませるだけになった頃。

レジの順番待ちをしていると、日比谷が俺の洋服の袖を摑み、クイクイと引っ張ってきた。

「手、握ってくれないんですか？」

「い、今じゃないだろ」

「今がいいです。もっと言えば、涼太くんとはずっと手を繋いでいたいです」

「手汗が凄《すご》いことになるよ、それ」

「涼太くんの手汗なら大歓迎です」

「大歓迎なのか……」

俺が呆気《あっけ》に取られていると、日比谷は隙をついて手を握ってくる。

「涼太くんの手、ごつごつしていて男らしいです」

「か、感想言わなくていい」

「私の手はどうですか？」

「え……」

「ドキドキしますか？」

感想を求められる。

柔らかくて、すべすべして、胸の奥が温まるような充実感がある。なんか変態みたいだな。

俺は頬に熱を集めると、視線を逸《そ》らす。

タイミングよくレジの番が回ってきた。

「ほ、ほら会計。手、離して」

「照れ屋さんですね、涼太くんは」

日比谷は俺から手を離すと、今度は腕に絡んでくる。

やたらと憎悪《ぞうお》にまみれた視線を周囲から感じる。呪い殺されないといいけど。

ひっそりと身の安全を願う俺だった。

※

買い物を終えて帰路に就いている最中。俺はガラス越しに空を見上げて、重たく吐息を漏らしていた。

「ついてないな……」

突発的な雨に見舞われたのだ。今はコンビニで雨宿りをしている。

ザーと耳朶《じだ》を打つ量の雨。

傘を差さないと、下着までびっしょりと濡《ぬ》れるような大雨だ。この様子じゃ数時間は止《や》みそうにない。ここから家まで十五分は掛かる。走って帰るのは避けたいところ。スーパーで買った荷物もあるしな。

「すみません。天気予報を確認してませんでした」

「ううん、俺も確認してなかったし。少し割高だけど、傘買って帰ろっか」

「そうですね。そうしましょう」

不幸中の幸いだったのは、雨宿りに選んだ場所がコンビニだったこと。

手痛い出費ではあるけれど、傘を買えば無事に帰宅できるはずだ。

適当にビニール傘を二本手に取る。

と、怪訝《けげん》な表情を浮かべた日比谷が、ちんまりと服の袖を摑んできた。

「何してるんですか、涼太くん」

「え？　変なことした？」

「一本で十分じゃないですか」

「でも、それだと相合い傘に……」

「なにか問題あります？」

「いや、ないけどさ……」

傘一本あれば、びしょ濡れは避けられる。

家までの距離はそう遠くないし、無理に傘を二本も買う必要はないかもしれない。

でも、相合い傘か……。それはなんというか、普通に恥ずかしい。

相合い傘を想像して照れ臭くなっていると、「ありあっしたー」とやる気のない店員の声が聞こえてきた。見れば、日比谷が会計を済ませた後。彼女の手には、ビニール傘が一本握られている。

……俺がたじろいでいる間に、相合い傘が決定したらしい。

「さて、帰りましょうか涼太くん」

「あ、あぁうん」

まぁ、彼氏彼女になったのだから、相合い傘くらい普通か。

こうなった以上、気合いを入れ直そう。パンパンと頬を叩《たた》いて、己を鼓舞する。

コンビニを出ると、俺は日比谷に向かって左手を差し出した。

「……？」

日比谷はきょとんと首を横に傾ける。

「ほら、はい」

「え？　……えと、はい」

「ち、ちがっ、手を繋《つな》げってことじゃなくて、傘。俺のが身長あるしさ」

「そ、そういうことですか。じゃあ、お言葉に甘えて、よろしくお願いします」

日比谷がビニール傘を手渡してくる。

傘を受け取ると、早速、展開した。二人で使うには、多少物足りないけれど……なんとかなりそうだ。

「じゃあ帰ろっか」

「はい」

雨が降り始めた時の独特の匂いが充満する中、理性を刺激する甘い香りが俺の鼻腔《びこう》をつく。

「ちょっと近くない？」

「そんなことありません。このくらい近くないと濡れちゃいますから」

「そ、そっか……そうだよね」

「私の方に傘傾けなくていいですよ。涼太くんの肩、濡れちゃってます」

俺の右肩が濡れていることを指摘される。

……バレていたのか。一応彼氏らしくしてスマートにやってみたつもりだったのだけど。

「でもそうしたら、日比谷が濡れるから」

「私はいいんです。涼太くんが風邪を引く方が問題ですから」

「俺は平気。風邪とか引かないし。だから、気にしなくていいよ」

「私も風邪とか引かない丈夫な身体《からだ》なので大丈夫です。涼太くんメインで傘使ってください」

「どこが丈夫だよ。すぐ身体壊すくせに」

「最近はそんなことないですよ」

「そうかな。昔に比べればマシになったとは思うけど。……てか、やっぱ傘二本買っとけば良かったんじゃないの？」

「それは勿体《もったい》ないです。無駄遣いは控えましょう」

勿体ない、その意見はもっともだ。

俺も日比谷も、親のお金で生活している。月々の生活費は十二分に与えられているが、だからといって無駄遣いをしていい道理はない。

けれど、こうして譲り合いが勃発するくらいなら、初めから傘を二本買うべきだった気がする。

日比谷は視線をそっぽに向けると、呟《つぶや》くように続けた。

「それに、久しぶりに涼太くんと相合い傘したかったんです」

「そういや昔はしてたな、相合い傘」

「はい。楽しかったですね」

「楽し……くはなかった気がするけど」

「私は楽しかったですよ。涼太くんの照れてる顔が見られて」

「ああ、そういうね」

昔の記憶が蘇《よみがえ》る。日比谷が何かと俺の傘に入りたがって、雨が降るたびに相合い傘をしていた。でもそれも、歳《とし》の桁が一つの頃まで。高学年に上がる頃にはすっかりしなくなった。

小学生のうちは、女子と二人でいるだけでもからかわれたりするからな。

ふと、日比谷はピタリと歩みを止めると、視線を上げる。

「涼太くん、ここ寄っていきませんか？」

日比谷が指さした方向を見やる。

まず目に入るのは赤い鳥居。『双代神社《ふたしろ》』の名前で知られ、縁結びにご利益《りやく》があるとされている。そこまで広い神社ではないのに、遠くからやってくる人もいるくらいだからな。

今は特に参拝客はいないみたいだが。

「いいけど、なにかお願いしたいことあるの？」

「いえ、感謝を伝えたくて」

「感謝？」

「私、涼太くんに気持ちを伝える前に、ここで一回お願いしてたんです。涼太くんと特別な関係になれますようにって。だから、そのお礼がしたくて」

ふわりと微笑《ほほえ》んで、可愛《かわい》い笑顔を見せてくれる。

俺の知らないところで、そんな健気《けなげ》なことをしているとは思わなかった。どうしよう。ちょっと、日比谷の目を見られそうにない。

「どうかしました？」

「ど、どうもしてない。てか、行こう。ここじゃ濡れるし」

「あ、はい。そうですね」

鳥居をくぐって、参道を通り賽銭《さいせん》箱の前に向かう。屋根があるため、傘はすぼめて、買い物袋と一緒に脇に置いておく。

と、日比谷の行動が気に掛かって、俺は彼女の手首を摑《つか》んだ。

「待って。何しようとしてるの？」

「お賽銭ですよ」

「それはわかるんだけど、財布をひっくり返そうとしてないか」

「はいっ。涼太くんとお付き合いできたお礼なので。手持ちのお金は全部捧《ささ》げようかと」

「それはやりすぎだと思う」

「そうですか？」

ザッと見たところ、一万円近く財布に入っている。それらを全て投下するのは無鉄砲も良いところ。

日比谷は顎に手をやり、「うーん」と頭を悩ませる。

「確かに、涼太くんとの将来のために、貯金できる部分は貯金に回した方がいいですね」

「いや……まぁうん、そういうことで」

俺は半ば投げやり気味に言うと、ポリポリと頭を掻《か》く。

日比谷は財布から目を離すと、俺に視線を向ける。

「五百円ならいいですか？」

「うん。じゃあ俺もそうする」

なんでもない休日のお賽銭に、五百円は多少奮発している気もするけど……そのくらいならまぁいいだろう。

俺も財布から五百円を取り出す。特に息を合わせた訳じゃないが、ほとんど同時に賽銭箱に放る。

二礼二拍手一礼。参拝の作法に乗っ取り、瞑目《めいもく》する。

神様へのお願い事を済ませて、まぶたを開けた。日比谷はまだ手を合わせたままだった。

二十秒ほど待って、日比谷はパチリと目を開けると俺に視線を寄越してきた。

「すみません。お待たせしました」

「ううん。全然」

「いつの間にかだいぶ雨が弱まってますね」

「あ、ホントだ」

数時間は続くと予想した雨だったが、すっかり小雨《こさめ》になっている。暗雲は消えて、晴れ間が見えているくらいだ。なんだったんだ、この嫌がらせみたいな雨は……。

と、俺はあるものに気がつき、日比谷の肩をちょんちょんと小突く。

「なんですか？」

「見て、あれ」

虹が架かっていた。

こうして虹を見るのは久しぶりだ。神社に寄り道をしていなかったら、見逃していただろうな。

「わっ、綺麗《きれい》ですね……」

「だな」

日比谷は頬を緩めると、虹よりも遥《はる》かに綺麗な笑顔を咲かせる。突発的に降る雨も悪くない。柄にもなく、そんなことを思った。

第四章　早坂《はやさか》涼太《りょうた》は秩序を保ちたい

「突然だけど、家庭内ルールを決めたいと思う」

同棲《どうせい》二日目。夜。

夕飯を終えて、二十一時を過ぎたあたりだった。

リビングにて。ダイニングテーブルを挟んで、俺と日比谷《ひびや》は向かい合っていた。

俺が両膝に手をついて神妙な面持ちを浮かべる中、日比谷はキョトンと小首を傾《かし》げて反芻《はんすう》する。

「家庭内ルールですか？」

「うん。一緒に住む上でのルールが必要だと思ってさ」

「別になくてもいいと思いますけど」

「いいや、必要。じゃないと風紀が乱れるし」

「そうですか？」

「ああ、さっきだって俺が風呂《ふろ》入ろうとしたら一緒に入ろうとしてきた人いたからね」

「誰ですか涼太《りょうた》くんの裸を見ようとする不届き者は。私が成敗してみせます！」

「……………」

「ごめんなさい。つい出来心で」

「とにかく、最低限のルールがあった方がいいと思う」

ルールがないと、無法地帯になりかねない。特に、日比谷は何かと行動が暴走しがちだ。

縛り付けておかないと、何をしでかすかわからない。

「まずルール一つ目として、相応の理由があるときを除いて、風呂や寝室には勝手に入らない。いいよね？」

「涼太くんがどうしてもというなら……甘んじて受け入れます」

「本来、ルールにするまでもないんだけどな」

「私は別に構いませんけどね。小さいときは、一緒にお風呂も添い寝もしてたじゃないですか」

「あ、あの頃と今とじゃ状況が違うから！　お互い成長してるし」

そう、成長しているのだ。

強靭《きょうじん》な理性でどうにか堪《こら》えているが、このまま行けば俺の理性という名のダムがいつ決壊してもおかしくない。

特に、日比谷は群を抜いて美少女なのだ。

アイドル顔負け、女優にだって負けないルックスを持っている。付き合い始めてからは、その事実を強く痛感していた。

少しの油断が命取り。

だからこそ、自分自身を律しなくてはいけない。俺はコーヒーを一口含むと、話の軌道修正を図る。

「じゃあ次は、家事の分担を決めよう」

そう切り出すと、日比谷はピンと天井目掛けて手を伸ばした。

「家事炊事なら全部私がやります。家のことは奥さんの仕事ですから」

「時代錯誤も甚だしいよ、それ。今日はほとんど任せちゃったけど、今後も日比谷に任せっきりになるのは避けたい。あと奥さんじゃないからね」

「でも、私は早坂《はやさか》家にお邪魔をしている立場です。そのくらいはさせてください」

「そうはいかないよ。共同生活なんだから、ちゃんと協力しないと。だから家事も炊事も分担しよう」

確固たる意志を持って提案すると、日比谷はわずかに目を見開き頬を緩める。

「涼太くんは、良い旦那さんになりますね」

「な、なんだよ急に」

面映《おもは》ゆい気持ちに襲われる。俺はコホンと咳払《せきばら》いすると、平静を繕って。

「と、とにかく、家事も炊事も分担ね。細かく決めてもいいけど、取り敢《あ》えず一日ごとに交代でいい？」

「了解です」

「無理せず最低限でいいから。あと、体調悪いときはすぐ言って。俺が代わりにやるから」

「涼太くんは心配しすぎです。一人前の主婦になれるよう日々鍛錬を積んでますし」

「でも日比谷が体調崩しやすいのは事実だしさ。……あ、家事炊事分担って言ったけど、洗濯は別々な」

「え、どうして洗濯は別々なんですか？　一緒の方が楽ですよ」

「楽とかの問題じゃないと思う」

「私のこと意識してくれるのは嬉《うれ》しいですけど、涼太くんは少し考えすぎだと思います」

日比谷は眉根を寄せて叱責してくる。

「そんなことないよ。日比谷がオープンにしすぎなだけ」

「いえ、これに関しては私が正しいと思います。不用意に水道代や電気代を増やす必要はありません」

「でも……し、下着とかは流石《さすが》に」

「だったら、洗濯は私の担当にしてください。それなら問題ないですよね？」

「まぁ、そうだけど」

　俺のパンツを見られたところで、さしたる問題はない。日比谷がそれで良いというなら、俺としてはこれ以上反対意見を出す気はないが。

「日比谷は嫌じゃないの？　洗濯したとはいえ、あんま触りたいものではないだろ」

「え、普通にご褒《ほう》――コホンッ、ただの布地に興奮したりしませんよ」

「やっぱ、洗濯は別々にしようか……」

「な、なんでそうなるんですか。気にしないで平気ですから！　私に洗濯をさせてくださ い！」

「そこまで言うなら……。あ、じゃあ、ゴミ捨ては全部俺がやるよ」

「助かります」

「ひとまず、家事炊事はそういうことで。明日は俺が諸々《もろもろ》やるから」

「はい。よろしくお願いします。大好きな涼太くんのご飯が食べられるなんて幸せです」

　日比谷は屈託のない笑みを咲かせる。一切、オブラートに包まないド直球な発言を受けて、俺はついうつむいてしまった。何回経験しても、慣れないな……。

「そういえば聞いてなかった」

「え？　なにをですか？」

日比谷に向けた、というよりは独り言に近かったが、しっかりと彼女の耳には届いたらしい。

だったらいっそ、この流れで聞いてみるか。

照れ臭い感情を押し殺しながら、胸の奥でつっかえていた事を訊《たず》ねることにした。

「日比谷は、俺のどこが好き、なの？」

彼女が俺のどこに惚《ほ》れて恋人になり、あまつさえ結婚を迫ってきたのだろうと――ずっと気に掛かっていた。

幼馴染《おさななじみ》として培《つちか》った関係はあるが、だからといって、日比谷が俺を好いてくれる理由がわからなかった。それこそ、日比谷ほどの美少女なら引く手数多《あまた》。わざわざ俺に固執する必要はない。

それが心のどこかでしこりになっていた。

「全部ですよ」

しかし、彼女からの返答は至ってシンプルだった。俺の不安が馬鹿らしくなるくらいに。

「涼太くんの顔も、機転が利《き》くところも、誰にでも優しいところも、照れ屋さんなところも、真面目で勉強熱心なところも、全部……全部大好きです」

「全部は言いすぎだって……」

「だってホントのことですから。好きな人のことは、どんなところでも好きになっちゃうものです。惚れた弱みですね」

「……っ。じゃあ、この際だから聞いちゃうけど、いつから俺のこと……」

俺はそこまで言って、口籠もる。

日比谷は愉《たの》しそうに頬を緩ませると、意地悪するように口元に人差し指を置いて。

「いつからだと思います？」

心臓がドキッと高鳴った。

いつから好きでいてくれたのか。日比谷の好意に一切気づかなかった俺は、その解答を持ち合わせていない。思いつきで答えてみる。

「わかんないけど、高校生になったくらい？」

「違いますよ。もっと前です」

「じゃあ中学生？」

「違います」

「え、じゃあ小学生か？」

「惜しいです」

「もう幼稚園しかないんだけど」

「あ、正解です」

ピンポンピンポン、と日比谷は正解のコールを口ずさむ。

だが、正解した手応えはなかった。

「幼稚園って、それはさすがに盛ってないか？」

「盛ってないですよ。本当です」

幼稚園となると、思い出せる記憶の引き出しは少ない。そんな小さい頃から、俺を異性として好きでいたとは、信じがたいところがあった。

眉間にシワを寄せると、俺の疑問を解消するように日比谷は話し始めた。

「覚えてますか、年長さんのとき書いた『好きな人』を題材にした似顔絵」

「似顔絵？　そんなのやったっけ？」

「やりましたよ」

僅かな幼稚園時代の記憶を頼りに思い出そうとする中、日比谷は話を続ける。

「みんな、お父さんとかお母さんとか家族の絵を描く中……涼太くんだけ、私の絵を描いてくれたんです。同じ組の子たちがみんなして涼太くんが描いた絵を揶揄《からか》うんですけど。でも、涼太くんは『好きな人を描いただけ』ってハッキリ言い返してて。あのときから、私は涼太くんのことが気になり始めました。……その、男の子として」

不思議と昔の記憶が蘇《よみがえ》ってくる。

ああ、そういえばそんなことがあった。

『好きな人』をテーマに似顔絵を描く時間があり、俺は迷わず日比谷の絵を描いた。

俺は当時から日比谷のことが好きだった。それが恋愛的な意味か親愛的な意味かは理解していなかったが、両親以上に好きな存在だった。

好きな人を描いただけなのに、どうして他の子から揶揄われるのか理解できなくて、自分の想《おも》いをそのまま伝えていた。

「それで涼太くんと一緒の時間を過ごす度にドンドン気持ちが膨らんでいって……気がつけば本当に結婚したいくらい大好きになりました」

「……っ。でも、それならもっと前に券を使って、『付き合って』って言えた気がするんだけど」

小学生時代に『なんでも言うコト聞く券』はあげている。その気になれば、小学生の頃から付き合うことも可能だったはずだ。

「だって怖いじゃないですか。券を使っても、嫌われたらお終《しま》いですし。涼太くん、どれだけアプローチかけても全然気づいてくれないし……てっきり脈なしなんだとばかり」

「そ、それはごめん」

「良い機会なのでぶっちゃけますけど、涼太くんにしかバレンタインチョコあげたことありませんし、クリスマスは毎年涼太くんと過ごしてますし、夏祭りとか初詣とか全部、涼太くん以外の男の子と行ったことないですからね？　周囲の人にバレバレなくらいアプローチかけてましたよ」

「うっ……それに気づかない俺って……」

思い返せば思い返すほど、日比谷からのアプローチはあった。俺の鈍感具合は、冗談抜きでギネスを狙えるんじゃないだろうか。頂点を取れたところで、なんだって話だけど。

「まぁ、私も涼太くんの気持ちに気がつけなかったのでお互い様です。これまでの分を取り返す勢いでイチャイチャしましょうね」

「……っ。ほ、ほどほどでいいって」

「嫌です。胃もたれするくらい、イチャつくんですから」

俺の彼女、ぐいぐい来すぎだ……。

日比谷は柔らかく微笑《ほほえ》むと、突然、何かを思い出したのか顔色を暗く落とす。窺《うかが》い見るような姿勢を取ってきた。

「ところで、昨日もチラッと言ったんですけど、涼太くんと一緒にいた女の子。あの子は涼太くんのなんなんですか？」

少し遠慮がちに、けれどハッキリと日比谷は告げる。

不安げに両手を握りしめて、黒目を右へ左へ泳がす。

「ただの友達だよ。心配なら紹介しようか？」

「いえ、それは大丈夫です。私、敵意むき出しになりそうな気がするので」

「お、おう。そっか」

本当にあの子とは、ただの友達だ。向こうも俺に恋愛感情はない。

ただ、これぱっかりは口で説明しても納得を得るのは難しいだろう。

「でも、感謝しないとですね。涼太くんが女の子と二人でいる場面を見なかったら、多分、まだ気持ちを伝えられなかったと思うので」

「……にしても求婚するのはやり過ぎだと思うよ」

少しだけ重たい空気になったため、俺は軽く笑いながら言う。

「だ、だって、ホントに涼太くんのこと大好きなんだからしょうがないじゃないですか。結婚したいぐらい虜《とりこ》にさせた涼太くんサイドにも問題あると思います！」

真面目な顔をして好意を赤裸々にぶつけてくる。

オブラートなどどこにも存在しない。真正面からストレートに言語化されると逃げ道がなかった。

日比谷は椅子を引いて席を立つと、俺の隣にやってきた。

「私、頭良くないから結婚くらいしか涼太くんを独占する方法がわからないんです」

「い、いや、無理に独占しなくても、誰も取らないよ俺なんて」

「そんなことないです。涼太くんは奥手なだけで、それに天然のタラシみたいなところもあって要注意ですから」

「買いかぶりすぎ。それを言ったら日比谷の方が大概だと思う。しょっちゅう告白されてるし……」

再三になるが、日比谷は美少女。それもとびっきりの美少女だ。

当然、日比谷に好意を寄せる人間は少なくない。

「私は涼太くんのことが大好きですから、余計な心配はしなくて大丈夫ですよ」

「そ、それを言ったら俺だって」

「俺だって、なんですか？」

「うっ……す、好きだから。日比谷のこと」

「……っ。嬉《うれ》しいです」

日比谷は俺の左手を強く握りしめると、身を寄せてくる。

気心知れた幼馴染。これまで培った時間があるというのに、彼女とのスキンシップはしきりに胸を高鳴らせる。恋愛経験0の俺には刺激的だ。

俺は勇気を出して、彼女の頭をそっと撫《な》でてみる。抵抗はしてこない。俺に身を委ねている。

「だから、日比谷も余計な心配しなくて大丈夫だよ」

「でも涼太くんはその場の空気に流されやすいですから、それに押しに弱いですし」

「……痛いとこ突くな」

さすがは幼馴染。俺の性格をよくご存じだ。

日比谷は俺の右手に触れると、そのまま自らの頬に持っていく。上目遣いでじっと俺を見つめてきた。

「涼太くん。……心配性な私を安心させてほしいです」

「さすがに結婚は無理だって」

「今、私が求めてるのは結婚じゃないです」

「え？」

日比谷はまぶたを落として、無防備な顔面を晒《さら》す。

彼女の意図していることを察して、俺の身体《からだ》に緊張が走った。

心臓が早鐘を打ち、ドクドクとうるさく鳴り響く。

ここで今、俺に求められていること。それは一つしかない。

割れ物に触るかのように慎重に、彼女の肩に手を置く。徐々に顔を近づけていった。

時間の流れが今だけは遅く感じる。

ゆっくりと距離を縮めていき、残り数センチにも満たない距離に迫った——そのときだった。

——ピンポーン

計ったようなタイミングで、インターホンがリビングを木霊《こだま》する。

俺の身体はピタッとその場で硬直し、チャイムの音に意識を持っていかれた。くそっ、なんて間の悪い！　ちょっとはタイミングを考えろ！

俺は肩を竦《すく》めると、日比谷から手を離して席を立ち上がる。

「待ってください涼太くん。ここで寸止めは嫌です」

「でも出ないと……」

「涼太くんは私よりもインターホンを優先するんですか？」

「そう言うなよ。戻ったら……っ、続きするから」

「必ず、ですからね」

日比谷がいつになく真剣な目で俺を見てくる。

俺は咄嗟《とっさ》に目を逸《そ》らした。小さく首を縦に振り、玄関へと向かう。

普段であれば、まずはモニターで来訪者を確認するのだが、今は確認する時間が惜しい。サクッと対応して、終わらせよう。どうせ何かの配達か回覧板とかだろう。

鍵を開け、扉を開ける。


「ただいま。お兄」


しかし玄関扉を隔てた先にいたのは、俺が予想していなかった人物だった。俺の妹――

早坂美咲《みさき》。

腰の丈くらいあるキャリーケースを持ち、小洒落《こじゃれ》たブランド品を身にまとっている。同じ血が通っているのか疑いたくなるくらい、綺麗《きれい》な顔立ち。歳《とし》の割に垢抜《あかぬ》けている。黒髪のツインテールを揺らしながら、彼女は帰宅を報告してきた。

美咲が家を空けたのは、三日前のこと。

普段であれば、平気で一ヶ月近く帰ってこないのだが。

「どうしたんだよ？　ハワイはもういいのか？」

「うんまぁちょっとね、お兄の顔が見たくなっちゃって」

「頭大丈夫か？　救急車呼ぶ？」

「せっかくブラコン妹っぽいこと言ってあげたんだから素直に喜べばいいのに。なんでそう捻《ひね》くれた解釈するかな」

「いや、喜ぶ要素なくな——いっ！　な、なにすんだよ！」

「むかついたから」

酷《ひど》い理由でみぞおちを攻撃される。

空手と合気道で鍛えた実力は、今も健在しているらしい。女子の馬力とはいえ、県大会に出ている彼女の拳は十二分に身体に堪《こた》える。

「ふんっ、別にお兄の顔なんて見たくないし、ちょっと用事ができたから戻っただけ。三

日くらいしたらまた出るし」

痛みに蹲《うずくま》る中、美咲はツンケンした態度で鼻を鳴らしながら、スタスタと横を通り過ぎていく。

と、今更ながらにこの状況に気が付いた。

マズイ——今は何としても美咲を家に上げるべきじゃなかった！

「——うげっ」

だが振り返ったときには、既に遅し。二つの声が見事に重なっていた。

カエルが踏み潰されたような声を出して、彼女たちは頬を引きつらせている。

少しの沈黙の後、美咲が俺の胸ぐらを摑《つか》んで問い詰めてくる。

「お兄！　なんであの人がココにいるの？」

「え、えっと……これはその……」

これから面倒な展開になることを見越した俺は、頭が痛くなるのを感じていた。

第五章　早坂美咲《はやさかみさき》は兄の彼女を認めない

閑静な住宅街の一角。薄いクリーム色を基調とした二階建ての一軒家。『早坂《はやさか》』の表札を掲げた家のリビングは、剣呑《けんのん》な空気に呑《の》まれていた。

四人掛けのダイニングテーブルに、俺と日比谷《ひびや》、そして妹の美咲《みさき》の三人が座っている。

俺の隣に日比谷、正面に美咲という席配置だ。

重たく張り詰めた空気の中、最初に口を開いたのは仏頂面《ぶっちょうづら》をした美咲だった。

「……で、お兄。どうしてこの人がウチにいるわけ？」

美咲が気になるのは当然そこだろう。

俺は包み隠さずに、ありのままを打ち明ける。

「えっと、俺たち付き合い始めてさ。それで……一緒に住んでる」

「は？　今、一緒に住んでるとか聞こえた気がするんだけど」

「安心しろ。聞き間違えてない」

「いやいや安心できないんですけど、なに一緒に住んでるって。てか、付き合ってるってなに？　寝言は寝て言って！」

美咲が鬼気迫る様子で、まくし立ててくる。バンッと力強くテーブルを叩《たた》き、椅子をぐらつかせながら立ち上がった。

妹の気迫に気圧《けお》されていると、日比谷が横から口を挟む。

「寝言じゃないですよ、美咲ちゃん。私と涼太《りょうた》くんは付き合ってます。ラブラブなんです」

「ちょ、日比谷……」

日比谷が、美咲に見せつけるように俺の腕にべったりと絡《から》み肩に頭を乗せてくる。

美咲はアッと目を見開くと、動揺を露《あら》わにする。

「んなッ、なにしてんの⁉」

「見てわかりませんか？　彼氏に甘えてるんです」

「は、離れてよ！　お兄にベタベタしないで！」

「嫉妬は見苦しいですよ、美咲ちゃん」

「嫉妬じゃない！　お兄が、あなたに触れられてることに虫唾《むしず》が走るだけ！　……てか、お兄！　付き合う人は選んでよ。わたし、お兄の彼女がこの人なんて認めないからね⁉」

「いや認めないって言われてもな……」

美咲が、今にも噛《か》み付いてきそうな表情で凄《すご》んでくる。

俺は眉根を寄せた。

やはり、日比谷と美咲は折り合いが悪い。

決定的に二人の仲を悪くする何かがあったのか、単に生理的に受け付けなくなったのかは謎だが、正に犬猿の仲である。

俺は小さくため息を吐《つ》く。できることなら仲良くしてほしいけど、それは叶《かな》いそうにないな。

「涼太くん、私たちがいかに愛し合っているのか、美咲ちゃんに見せてあげましょう。そうすれば、彼女の幻想をぶち壊せます」

「なに言って――」

日比谷の突拍子もない発言に、美咲が真っ赤な顔で怒号を飛ばす。俺の声は掻《か》き消された。

「あ、愛し合ってるところ見せるって、へ、変態！」

「変態？　どうしてですか？」

「だ、だって……つまりアレするってことでしょ？　そ、そんなの――」

「アレってなんですか？　ちゃんと言ってください」

「だ、だから……子供ができるようなことするんでしょ。そんなの見せつけるとか変態じゃん⁉」

「だそうですが、どうしますか涼太くん。美咲ちゃんの要望に応えてあげますか？」

日比谷が口角を緩めながら、愉《たの》しげに聞いてくる。

俺はため息混じりに即答した。

「する訳ないだろ」

「つれないですね……」

俺は日比谷から目を離し、首や耳まで真っ赤にした妹に目を向ける。

「変な勘違いしてるみたいだから一応言っとくけど、そんなことしないから」

「でも、愛し合ってるとこ見せるって言った！」

「思春期こじらせすぎだって。大体、お前の想像しているようなことは一切してない」

「ほ、ほんと？」

「俺のヘタレ具合を知らないのか」

「なるほど、なら納得だ」

それで納得されるのは癪《しゃく》だが、余計な誤解は生まずに済んでよかった。

「でもじゃあ、愛し合ってるとこ見せるってなに？　なにする気だったの？」

「それは知らないけど」

言いながら、俺は日比谷に目を向ける。

日比谷は、俺の視線から逃れるように真横を向く。仄《ほの》かに頬が赤くなっていた。

「…………」

「や、やっぱそういうことなんだ……っ」

駄目だこいつら、早くなんとかしないと……！

俺はポリポリとこめかみのあたりを指で掻くと、話の軌道修正を図る。

「だいぶ話が逸れたから元に戻すけど、俺と日比谷は付き合ってて、訳あって一緒に住んでるんだ。ただそれだけ」

「その訳ってなんなの？」

「おばさんが仕事で家を空けてて、日比谷一人なんだよ。夜は物騒だからウチに住んでる」

「いやいや、意味わかんないんだけど。この平和な島国で夜が物騒もなにもないじゃん！大体、日比谷家はセキュリティ入ってるし、安心安全でしょ⁉」

美咲が、昨日の俺みたいなことを言う。さすが我が妹である。

全くその通りなので、反論の余地はない。

『なんでも言うコト聞く券』とかいうチートアイテムさえなければ、同棲《どうせい》する事にはなっていなかっただろう。

「正論がいつでも通るわけじゃないんですよ。やれやれ」

「いや、今は通っていい場面だし。てか、適当なこと言ってお兄と一つ屋根の下で暮らしたかっただけでしょ。どーせ！」

「大正解です」

「合ってるのかよ！」

美咲は再びテーブルを叩いて、激昂《げきこう》する。美咲が来てから騒がしいな……。

ひとまず、どうして日比谷がウチにいるのかの説明は終えたわけだが。

これで、はいそうですかとはならないだろう。

俺はこれから先の展開を想像して、ため息を漏らした。

「もういい。とにかく、ウチから出てってよ！　あなたが我が家に介在する余地は、一ミリだってないんだから！」

「美咲ちゃんこそ旅行の続きしててください。小姑《こじゅうと》キャラはいらないですから」

「誰が小姑だ⁉　ああもうホントムカつく！　いいよ、じゃあこの際、どっちが家にいるべきかお兄に決めてもらおうよ！　選ばれなかった方がウチから出てくってことで！」

「いいですよ。受けて立ちます」

ガミガミ言い合っていた二人が、急に俺の方を向く。俺はたらりと冷や汗を流した。

ほら、思った通りだ。

やっぱり面倒な展開になりやがった。

二人分の視線を一身に浴びながら、ガクッと項垂《うなだ》れる。

美咲と日比谷は、なにか揉《も》め事を起こすと最終的に俺にどちらかを選べと迫ってくる傾向がある。今回も例に漏れず、そのパターン。

まいったな……どっちを選んでも角が立つし正解がない。

「わたしだよね？　お兄。だって家族だし。そもそもここはわたしの家でもあるわけだし、部外者が出ていくべきだと思うよね？」

「涼太くんは、彼女を捨てるような真似《まね》はしませんよね？」

俺は苦く笑いながら、そーっと椅子を引く。

「そ、そんなこと言われても困るって……。それにほら、どっちかが出ていく必要もないだろ？　変に事を荒立てるのやめろよ」

「それだとこの人と同居するってことでしょ？　そんなの絶対耐えらんない！」

美咲の意思は固い。言いくるめるのは骨が折れそうだ。

チラッと日比谷に視線を向け、小首を傾《かし》げる。

「日比谷は別に問題ないよな？　美咲と一緒でも」

「涼太くんがそれを強制するのであれば、甘んじて受け入れます」

俺の肩がドッと重たくなる。

ズキリと痛み出しそうな頭を手のひらでさすった。

最良の選択を模索するが……やはり思いつかない。

開き直って、妹か、彼女かを選ぶにしたって、結局決められないのが厄介な点だ。

俺の中では、美咲も日比谷も同列。どっちが上も下もない。

俺が頭を悩ませていると、日比谷が何か閃《ひらめ》いたのか口を開いた。

「仕方ありません。あんまり涼太くんを苦しめても悪いですからね。……美咲ちゃんを選んでください」

「え？　いいの？」

美咲を選ぶ……それはつまり、日比谷がウチから出ていくことになるわけだが。

「はい。その代わり、涼太くんがウチに来てください。それでまるっと解決です。別に、早坂家にこだわる必要はありませんしね」

「なるほど……」

突然勝負を諦めたのかと思えば、日比谷なりの考えがあったらしい。

たしかに、それなら丸く収まるか。余計な角が立たずに済む……。

俺は顔を上げ。

「わかった、じゃあ――」

「ちょっと待ったあああ⁉　え、なに妙なこと言い出してんの⁉　それじゃあ同棲のままじゃん！　てか、お兄が奪われる形になってるし。なんかわたしが負けたみたいになってるし！」

「いいえ、涼太くんが選ぶのは美咲ちゃんになるわけですから勝ってますよ。おめでとうございます。よかったですね」

「勝ち誇った顔して言うな！　てか、お兄！　そんなの認めないからね⁉　大体、お兄がいなかったら、誰がわたしのご飯作るの⁉」

美咲がダイニングテーブル越しに俺の胸ぐらを摑《つか》み、ゆさゆさと前後に揺らしてくる。

そうだった。美咲は料理が駄目なのだ。カップラーメンを料理と宣《のたま》うレベルの力量。

俺が日比谷家に一時的に住むことになれば、食事面で支障をきたすことになるのか。

とはいえ、現状、ほかに良い案もないわけで。

「じゃあ日比谷のウチに泊まりつつ、俺が美咲のご飯を作りにくるよ」

「どうしてお兄は日比谷家に行くことに肯定的なわけ？　それがまずおかしいじゃん！」

『なんでも言うコト聞く券』というチートアイテムが起因して、同棲することになった。

期間は、日比谷の親が帰ってくるまでの間と制約をつけてあるが。

逆に言えば、それまでは同棲を続けるという意味でもある。

「おばさんが帰ってくるまでは同棲するって、約束しちゃったからな」

「むう。……お兄がいなくなったらわたし一人なんだけど。夜に未成年の女の子一人とか危ないと思わないわけ？　妹が心配じゃないんだ？」

「一人で色んなとこに旅行してる妹に言われても……」

「アウトドアが裏目に！」

「それに格闘技に精通してる時点で、俺よりよっぽど強いだろ」

「……か弱いし。わたしだって、守ってもらわなきゃダメなんだし」

美咲は下唇を噛んで悔しそうに呻《うめ》く。だが、蚊の鳴くような小さな声だったため、上手《うま》く聞き取れない。

「じゃあ決まりですね。ウチに行きましょう、涼太くん」

日比谷は椅子から立ち上がると、口元を綻ばせて俺の腕を引っ張ってきた。

すると、右手を前に突き出して美咲が制止してくる。

「待って。わかった、ウチに住んでいい。三人で住もう」

「いいのか？」

「苦渋の決断だけどね。お兄が日比谷家に行くよりマシだし」

「日比谷もそれでいい？」

「……いや普通に嫌ですけど」

美咲が折れてくれたかと思えば、日比谷が難色を示す。

中々どうして上手い具合に進まない。

難題を前に頭を悩ませていると、美咲が俺に耳打ちしてきた。

「でもさっき、お兄が強制するなら甘んじて受け入れるって言ってたよね。だったら、お兄がお願いしちゃえば？」

現状、それが最良の選択か。

俺は身体《からだ》ごと日比谷に向き直ると、目を見つめた。

「じゃあこの三人でウチに住むってことで。異議は受け付けない」

「……釈然としませんが、涼太くんがそう言うのでしたら、わかりました」

ひとまずは三人で住むことに落ち着く。しかしこれからが問題だ。

俺は安堵《あんど》の息を漏らすと同時に、ここから始まる三人の同棲生活に辟易《へきえき》としていた。

※

「……はあ」

俺と日比谷の二人だけでも先行きが不安だった同棲生活だが、そこに妹まで追加されては不安も倍増だった。

現に、日比谷は隙あらば俺との距離を詰め、ベタベタしようとしてくるし。美咲はそれを見て、阻止しようとするしで大変である。

賑《にぎ》やかといえば聞こえはいいが、騒がしいばかりでご近所さんから苦情がこないか心労は絶えない。

なんとか就寝時間が迫り、俺は自室のベッドに向かう。

まぶたを落とせば、一分と経《た》たずに眠れそうだ。布団《ふとん》をめくり、ベッドに潜り込む。

と、そのときだった。

「……？」

違和感が俺を襲う。

おかしい。普段よりもベッドのスペースが少なく、すでに生暖かくなっている。何より、布団以外の感触があった。

　暗順応してきた瞳で、違和感の正体を探る。

「……なにしてんだよ、お前」

　見れば、俺のベッドの隅っこで縮こまる妹の姿があった。

　普段は左右に結ってある黒髪は、胸元の辺りまですらりと下ろしており、化粧の落ちたスッピン状態。

　俺が怪訝《けげん》に美咲を見つめる中、彼女はじっと真剣な瞳で。

「悪霊《あくりょう》対策してるの」

「悪霊って……ウチにそんなのいないだろ」

「お兄の自称彼女のことだよ。あの人、お兄の寝込みを襲ってきそうだからね。警戒しとかないと」

「自称じゃなくて公認だから……それにそんなことはしないよ、多分」

「どうだか」

　家庭内ルールで、風呂《ふろ》や寝室には勝手に入らないと決めてある。日比谷は俺との約束には忠実だから大丈夫だと思う。屁理屈《へりくつ》は通してきたりするが。

「それにあの人、邪魔者は徹底的に潰してきそうだからね。わたしが一人だと危ないんだよ」

「妄想も行きすぎると大変だな」

「妄想じゃないし」

「なんでもいいけど、自分の部屋で寝て。邪魔」

「なんでそう邪険にするかな。今時、兄と一緒に寝てくれるＪＫの妹なんていないよ？　お金取れるレベルだよ？」

「俺は実妹と添い寝できて喜べるほど、変態じゃないんだよ。それに、俺のベッド一人用だし狭くて仕方ない」

突き放した発言をすると、美咲はムッと唇を尖《とが》らせる。

「ふーん。ま、そうだよね。わたしがいたらプロレスごっこできないもんね」

「だからしないって。大体、日比谷と付き合い始めたの昨日からだし、そんなテンポ良く進むかっての」

「昨日……え、じゃあ付き合い始めて即同棲《どうせい》始めたってこと？」

「まぁ、うん……」

「テンポ良く進んでるじゃん」

「…………」

「なんで黙るし」

　美咲の言う通り、異常なテンポで進んでいる。普通の恋人ではありえない展開なのは間違いなかった。

「とにかく自分の部屋に戻って」

「ヤダ。今日はここで寝るって決めてるの」

「んな強情な……」

「お兄が融通利《き》かないだけだよ」

　この調子じゃ、俺の部屋から追い出すのは骨が折れそうだ。力ずくで退《ど》かそうにも、美咲は格闘技に精通している。情けない話だが、返り討ちに遭いかねない。

　美咲は俺のパジャマをギュッと握りしめると、胸元に顔を埋《うず》めてきた。

「…………なんで彼女作るの……お兄」

「は？」

　ボソリと蚊の鳴くような声だった。

「わたしがいればいいじゃん。お兄に彼女なんて必要ないよ」

「妹と彼女は全然違うと思うんだけど」

「そう、だけど……じゃあお兄は、わたしに彼氏ができてもいいの？」

認するると思うけど。


「うん。いいけど」

美咲に彼氏ができたところで、俺がそれを咎《とが》める道理はない。

まぁ、どんな奴《やつ》が彼氏なのか身辺調査をして、付き合っても大丈夫な相手かどうかは確認すると思うけど。

「お兄のバカ」

美咲は更に俺の身体に密着すると、ぶっきらぼうに吐き捨てる。

そんな妹の様子を見て、俺の中で一つの仮説が立つ。

「もしかして寂しいの？　お前」

「……っ。は、はぁ？　あ、あり得ないんだけど。なんでわたしが寂しがる必要あるわけ。兄に彼女ができて寂しがる妹とかファンタジーの領域でしょ！　異世界転生よりあり得ないんだけど！　お兄、シスコン拗《こじ》らせすぎだから！」

矢継ぎ早にまくし立てる美咲。そのくせ、アナウンサーばりに滑舌が良かった。

「だったら別によくないかな。俺に彼女ができても」

「それはよくない」

「言ってること滅茶苦茶《めちゃくちゃ》……」

「どうしても彼女欲しいなら、わたしがお兄に適した人探してあげる」

「は？」

「お兄があの人と付き合うのはヤなの」

俺はポリポリと頭を掻《か》くと、

「どうしてそんなに日比谷のこと嫌ってるわけ？　昔は結構仲良くなかった？」

「だって、わたしからお兄取るから……」

「え？」

「はいはい。聞こえてないならいいよ、別に」

「いや、なんで俺を取るから嫌いなのかと思って。やっぱり寂しいの？」

「聞こえてたの⁉　こういうの、聞こえなかったオチじゃないんだ⁉」

夜も深まった頃だというのに、騒がしく声を発する美咲。

この部屋にいるのは俺と美咲だけだしな。この時間じゃ、周囲の騒音もほとんどない。聞こえない方が無理があると思う。

俺はコホンと咳払《せきばら》いすると、真面目な顔をして美咲の目を見つめる。

「あ、あのさ美咲……俺、妹のことは妹としか見られないんだ。だから悪いけど……美咲の気持ちには――」

「な、なにバカなこと言ってるのかな！　兄に恋愛感情ある実妹とかそれこそファンタジーだから！　お兄はわたしの占有物なの。勝手に奪われるのが癪《しゃく》に障《さわ》るだけ！」

「勝手に占有しないでほしいんだけど……」

「じゃ、じゃあ……お兄もわたしのこと、占有してもいいよ？」

暗がりでもわかるくらい頬を紅潮させ、美咲が躊躇《ためら》いがちに言う。

「それは大丈夫」

すぐさま遠慮すると、美咲は更に顔に熱を集めて激昂《げきこう》した。

「なッ……お兄、ホントうざい！　将来、お兄が独身街道まっしぐらになって、要介護状態になっても、わたし面倒見てあげないから！　野垂れ死んじゃえばーか！」

割と本気の威力で、俺の身体をバシバシ叩《たた》いてくる。

「い、痛い。やめろって」

「お兄が悪いんじゃん」

完全に不貞腐《ふてくさ》れた様子の美咲。その割には、俺の布団から出てくれる気配はない。さっき言った通り、本当にこのまま俺のベッドで寝る気らしい。

やむを得ない、諦めるとするか。人間は睡魔に勝てないのだ。

「はぁ……後で部屋から出とけよ。俺はもう寝る」

「出ないもん」

「まぁいいや、おやすみ」

「おやすみ、お兄」

俺は枕に頭を預けると、布団を胸元まで被《かぶ》った。

美咲に背を向けるようにして、まぶたを落とす。睡魔に誘《いざな》われ、俺の意識がまどろむ。

夢の世界に旅立つまで、時間はかからなかった。

※

「……いっ！」

翌朝。

俺は左頬に強い刺激を感じて、意識を覚醒させた。

解像度の低い視界に映るのは、薄茶色の髪とブラウンの瞳。

彼女は俺が目覚めたことを確認すると、柔和《にゅうわ》な笑みを携えて声をかけてきた。

「おはようございます、涼太くん」

「……い、痛いんだけど……」

かなり強めに頬をつねられている。

そして困ったことに、起床した今もやめてくれる気配はなかった。

「お仕置きです」

「お仕置きって……」

何かやらかしただろうか。つねられるようなことをした心当たりは……あっ。

布団《ふとん》以外の温《ぬく》もりがあることに気がつく。それと同時に、冷や汗がにじみ出た。

首だけ振り返ると、すやすやと寝息を立てる妹がいる。

コアラのようにべったりと俺の腕にくっつき、心地よさそうだった。

「シスコンですね。涼太くん」

「ち、ちが――これには事情が」

「へえ、どんな事情でしょう？」

「いや、まぁ事情っていうほどでもないんだけど」

後先考えず口を開いたものの、事情と呼べるほどのものはなかった。

とはいえ、余計な誤解を与えないためにも弁明はさせてもらおう。

「昨日、俺が寝ようとしたときに、ベッドの中に美咲が潜り込んでてさ。追い出そうとしたんだけど全然言うこと聞いてくれなくて、それで仕方ないからそのまま寝たんだ。ほんとそれだけ」

「それだけって普通に大問題ですけど……。涼太くんを起こすという大義名分の元、今日も今日とて布団に潜り込む算段が失敗に終わっちゃったじゃないですか！」

むっと口を尖らせながら言う日比谷。

俺はジトッと薄く開いた目で見つめる。

「…………。勝手に寝室に入るのナシって言ったよね？」

「だから起こすためですってば。理由があるときは例外です」

「そもそも今、何時？」

「朝の六時ですね」

「起こす時間じゃないし、布団に潜り込む必要ないよね？」

「てへっ♪」

「可愛《かわい》いからってなんでも許されるわけじゃないからな」

「か、可愛いですか？」

「……っ。そりゃ、日比谷はいつでも……」

頬に急激に熱を帯びていく。昇温が止まらない。朝っぱらから、胃がもたれるような空気を醸《かも》し出していると、突然、俺の腕に強烈な痛みが走った。

「――お兄。朝から楽しそうだね」

普段の少し高めの声から一変、冷え切った背筋をそっと撫《な》でるような声が背後から飛ぶ。

振り返れば、ピクピクと眉根を上下させた美咲が起床していた。

今にも噛《か》み付いて来そうなほど凶悪な目つきで。

「鼻の下伸ばしてバカみたい。朝っぱらからイチャイチャしないでよね」

「し、してないって。てか、痛いから離して」

洒落《しゃれ》で済まない火力で、俺の腕にしがみついている。俺が目を眇《すが》めていると、日比谷が眉間にシワを寄せて。

「美咲ちゃん、涼太くんを虐《いじ》めないでください」

「虐めてないし。そっちだって、お兄のほっぺたつねってたじゃん」

「あ、あれは涼太くんへのお仕置きで……って、見てたんですか」

「見てたっていうか、起こされた感じだけどね」

「……もしかして、ずっと起きてました？　それで、寝たふりして涼太くんの腕に、これみよがしに引っ付いてたんじゃ」

「……っ。だ、だから起こされたって言ってるじゃん」

美咲は上擦った声で否定をする。日比谷はむっと唇を前に突き出すと、俺の右腕を摑《つか》む。ベッドから起こそうと、引き上げてくる。

「私から涼太くんを奪わないでください。私の彼氏なんですから！」

「そっちこそ、わたしからお兄を取らないでよ。わたしのお兄なんだから！」

美咲は負けじと俺の腕をホールドすると、抵抗する。左右から力が掛けられ、さながら綱引きされている気分だった。

「ちょ、お、お前ら一回落ち着けって」

視線でバチバチと火花を飛ばし始める二人。そんな彼女たちを注意するも。

「美咲ちゃんは旅行に行っててください。私と涼太くんの幸せな家庭を邪魔しないでほしいです」

「そっちこそ惚《ほう》けたこと言ってないで、お兄以外の人と付き合いなよ。世の中いっぱい男なんていなるんだから」

「涼太くん以外の人と付き合うなんて考えられません。美咲ちゃんこそ、彼氏作ってその人に甘えていればいいじゃないですか」

「は？　わたしは別に甘えてないけど。ただ、腕の感触がちょうどいいだけだし。それにほら、わたしのお兄はお兄だけな訳だし他に換えが利《き》かないって言うか」

「なんですかその理屈は！　それを言ったら私だって換えは利きません！」

「だーかーら、他に彼氏作ればいいじゃんって言ってるの。大体、お兄の幼馴染《おさななじみ》ってだけでいつもベタベタしてさ！」

「美咲ちゃんこそ、偶然、涼太くんの妹に生まれただけじゃないですか」

「わたしは必然だし」

「私だって！」

鋭く目尻を尖《とが》らせて、いがみ合う日比谷と美咲。

俺の声など一切届いていないのか、俺を間に挟んで言い合いを繰り広げる。

逃げ出そうにも、ご丁寧に両方から腕を摑まれている。結局、解放されたのは三十分ほど経《た》った後だった。

※

同棲《どうせい》生活も三日目に突入した。時刻は十時を過ぎたあたり。

今日は月曜日だけれど、ゴールデンウィーク三日目でもある。連休三日目の今日は、どこかに遊びに——行くでもなく、自室にこもって勉強に励んでいた。彼女ができたからといって、勉強を蔑《ないがし》ろにしていい理由にはならないからな。むしろ、これまで以上に頑張った方がいいくらいだ。

「入って良いですか?」

「うん、いいよ」

数学の参考書と向かい合っていると、トントンと二回ノックが鳴らされる。俺の許可が下りると、日比谷は扉を開けて室内に入ってきた。

「精が出ますね。涼太くん」

「そうかな。あ、ありがと」

日比谷は机のすみに、コーヒーの入ったコップを置いてくれる。

俺の肩越しに机の上を覗《のぞ》き込みながら、キョトンとした表情で。

「まだ中間テストまで結構ありますよね。もう、勉強始めないとダメなんですか?」

「ダメってことはないけど、勉強しておいて損はないからさ。あ、日比谷も勉強する?」

「わ、私は大丈夫です。勉強とか可能な限りしたくないですから」

「そっか。勉強苦手だもんな」

日比谷は、アレルギーでもあるのかと疑いたくなるくらい勉強嫌いだ。

高校受験を思い出して苦く笑うと、参考書へと視線を移す。

「はい。勉強だけはどうしても好きになれません……。あ、涼太くんが勉強している姿、ここで見ててもいいですか？」

「別にいいけど、何も面白くないと思うよ」

「涼太くんと一緒にいられるだけで楽しいです」

「……まぁ、楽しいならいいけど」

日比谷はベッドの上に腰を下ろすと、ジッと背後から俺を見つめてくる。特に気に留めずに、俺は勉強を進めていく。

二十分ほどシャーペンを走らせた後、凝り固まった身体《からだ》をほぐすために、天井目掛けて両腕を伸ばす。キャスター付きの椅子を引いて、日比谷の方を振り返る。

「……あ」

「なにしてるの、日比谷……」

途端、静寂が室内を満たした。

しばらく目を合わせたまま、沈黙の時間を過ごす。

日比谷はタラリと冷や汗を頬に伝わせると、俺に向かって構えていたスマホをポケットにそっと隠した。

「な、なにもしてませんよ。ただ、涼太くんをスマホ越しに見ていただけで」

「写真、撮ってた？」

「撮ってません」

「撮ってたよね？」

「はい、すみません……。涼太くんが勉強している姿がカッコよかったので、スマホのホーム画面に設定しようと思って」

「恥ずかしいからやめて」

「だめ、ですか？」

「逆の立場になって考えてみてよ。俺が、日比谷の写真をホーム画面にしてたら恥ずかしいだろ？」

「え、凄《すご》く嬉《うれ》しいですけど。あ、そうだ。この際、一緒に写真を撮りませんか？」

「な、なんでそうなるんだよ」

かなり強引な方向転換に、俺は戸惑いを隠せない。

「私たち、お付き合いを始めてから一度も写真を撮ってないじゃないですか」

「そうだけど、撮る必要あるかな」

「あります。例えば、恋人の写真見せてって言われたときの証拠になります。それに、私も彼氏との写真を友達に送って幸せ自慢したいですし」

「別に自慢しなくていいと思うけど……でも、写真はあった方がいいか」

周囲に彼女ができたことを報告する際、証拠となるモノがないと説得力に欠ける。無理に言いふらす必要はないが、写真の一枚くらい持っていた方がいいかもしれない。

「イチャイチャ全開の写真を撮りましょう！」

「ほ、ほどほどでいいよ」

「中途半端《ちゅうとはんぱ》が一番ダメです。涼太くん、立ってもらっていいですか？　私が涼太くんにくっつくので、そこを写真に収めてください」

やる気を漲《みなぎ》らせている日比谷。俺は物怖《ものお》じしつつも、椅子から腰を上げる。

「ただのツーショットじゃダメなの？」

「それだとカップル感が薄れちゃうので。これで撮ってください」

日比谷からスマホを受け取る。すでにカメラのアプリは起動済み。

撮影ボタンを押せば、すぐにシャッターが切られる状態だ。日比谷は俺の身体に抱きつく。

く。甘い香りが周囲を満たして、俺は平静を保つので精一杯だった。

「涼太くん、少し屈《かが》んでください」

「こう？」

「はい、良い感じです」

「ち、近すぎる気がする」

頬と頬が触れるくらいの距離感。体温が伝わってくる。

「早く写真撮らないと、もっと近づきますよ」

「……っ。わ、わかった。撮るから」

これ以上、近づかれたら理性を保てそうにない。

俺は右腕を掲げると、俺と日比谷が写真に収まるように調整する。

火照《ほて》る顔を鎮《しず》めながら、撮影ボタンを押す。カシャッとシャッターが切られた。

「見せてください」

写真を撮り終えると、日比谷はゲームの発売日みたいに興奮した様子でせがんできた。

スマホを返すと、恍惚《こうこつ》とした表情で液晶を見つめている。

「多分、ちゃんと撮れたと思うけど」

「はい、完璧です。えへへ、涼太くんにも送りますね」

ピロンと、スマホから着信音が鳴る。日比谷から送られてきた写真を見る。

うっ、冴《さ》えないな俺……。照れてロクな表情を作れていない。日比谷の写真写りがいい分、余計に際立《きわだ》っている。

「も、もう一回撮ろ」

「え、あ、はい。何回でも撮りましょう！」

俺からそんな提案が来ると思っていなかったのか、日比谷は上擦った声を上げる。

さすがに、もう少し写真写りをよくしないとな。

俺にだって、決め顔くらいはあるのだ。

「次はもうちょいカッコよく写るから」

「ふふっ、涼太くんって意外と凝り性ですよね」

日比谷はクスリと微笑《ほほえ》むと、再び俺に身を寄せてくる。何度やっても慣れないが、さっきよりは幾分か冷静でいられる。

「じゃあ撮るぞ」

「は、はい」

シャッターを切る。

今度の写真はぼちぼちの出来だった。にしても、日比谷の写真写りが良すぎる。俺の彼女可愛《かわい》すぎだろ……。

液晶越しに見惚《みと》れていると、日比谷はクイッと服の袖を引っ張ってきた。

「次は動画でも撮りますか？」

「動画？」

「はい、このアプリなんですけど、歌に合わせて踊ったりするんです。私たちのラブラブ感を全世界にお届けしたいなって」

「配信者じゃないんだし、一般人がやってもしょうがなくないか？」

「配信者も一般人も関係ありません。こういうのは自己満足なんです。……だから一緒にやりましょ？」

　物欲しそうな目でお願いしてくる。

　この上目遣いをされたら、大抵の男はなんでも言うことを聞くだろう。

　しかし俺には日比谷と過ごしてきた長い時間がある。そう簡単に籠絡《ろうらく》される俺ではない。

「ヤダって。写真撮るのでも恥ずいのに」

「……じゃあ、券を使います」

「待って、それはズルいと思う」

「私と一緒に有名になりましょう」

「目的変わってない⁉」

「それに見てください。こうやって色々と加工もできるんです。ふふっ、涼太くんの顔が大きくなりました」

「おい、なんで俺だけ。そっちがその気なら……」

「わっ、私の顔にひげ足さないでください！」

アプリ上のスタンプ機能で、日比谷の顔に加工を施す。日比谷は照れたように頬を赤らめて、俺の肩をポカポカと叩《たた》いてくる。

二人して一つのスマホを見ながら、じゃれ合う。こういう陽《よう》キャ寄りのアプリ避けてたけど、意外と面白いかもな。

「まぁ、ネットにあげないなら動画撮ってもいいけど」

「ホントですかっ。私、涼太くんと付き合えたらやりたいって思ってたやつがあるんです」

日比谷は液晶を指でなぞって、とある動画を再生する。中身など何もない。ただ、カップルらしき男女がイチャイチャしてるだけの動画だった。

「これを私たちもやりましょう」

「やっぱりやめない？」

「ダメです、一度言ったことには責任を持ってください」

「うっ」

難色を示すも、動画を撮る以外に道はなさそうだ。

覚悟を決める。動画で見た通りのことを、恥も外聞もかなぐり捨てて行うことにした。

見本の動画の位置取りを参考に、俺は日比谷を後ろからハグする。スマホは日比谷持ちだ。

やばい。日比谷、滅茶苦茶《めちゃくちゃ》いい匂いする。平常心が行方不明だった。

「動画撮らないの？」

「と、撮りますよ。準備いいですか？」

コクリと首を縦に下ろす。それを合図に撮影を開始する。

動画は音楽に合わせて撮る。まず日比谷と一緒に手でハートを作る。そして、いくらか手遊《てあそ》びした後、日比谷が切なそうな目で俺を見つめてくる。最後に、俺が顎クイして終わりだ。……なんだこの動画。やっている方はともかく、これを見る方は何が楽しいんだろう。

何はともあれ、動画を撮らないことには日比谷は満足しない。

見本の動画の通りに行動していき、最後の顎クイに到着する。お互いに見つめ合いながら、みるみるうちに頬を紅潮させていく。

と、そのときだった。バンッ、と勢いよく部屋の扉が開いた。

一瞬にして、室内に充満していた甘ったるい空気が霧散する。

「ねぇお兄。わたしのプリン食べてないよね⁉」

タイミングで言えば最悪だった。

バカップルと呼ばれても反論のしようがない距離感で、動画を撮っている場面を目撃された。

現実から逃避しようと、脳が思考を停止する。ピタリと硬直して、衣擦《きぬず》れの音すら許さない静寂に支配された。

美咲はヒクヒクと頬を揺らすと、額に青筋を立てながら。

「なにしてるのかな、お兄」

「……ど、動画を撮ってて」

「彼女できて浮かれるお兄、ホント馬鹿みたい」

「う、浮かれてないって」

「どう見ても浮かれてる！」

美咲は、ムスッとした顔つきで吠《ほ》える。俺と日比谷を一瞥《いちべつ》して、荒々しく鼻を鳴らした。

「ふんっ……二人ともちょっとリビングに来て」

苛立《いらだ》ちを全面に押し出しながら、美咲は部屋を後にする。

「え、えっと……どうしましょうか」

「取り敢《あ》えず、リビング行こう」

俺たちは居た堪《たま》れない空気に苛《さいな》まれながら、リビングへと向かうことになった。

「で、どっちがわたしのプリン食べたわけ？」

リビングに移動するなり、俺は妹からプリンの所在を追及されていた。

美咲はムスッと怒った表情で、腰に手を置いている。俺はといえば、フローリングの上で正座だ。俺の右隣では、日比谷も同様に正座をさせられている。

「なぜ私たちが正座をしなくては……」

「下手に抵抗すると余計面倒なことになるし従おう。……ってか食べたの日比谷だろ？　早くごめんなさいしろって」

「え、私、食べてません。食べたのは涼太くんでしょう？」

「いや、俺も食べてない」

コソコソと会話を重ねていると、美咲が頬を斜めに引きつらせる。

「わたしの目の前で、なにイチャイチャしてるのかな。さっさとプリンを食べた方は自白して。あれ、ハワイ限定の一人一個しか買えない超レアなヤツなんだから！　後で楽しみにしてたのに！」

憤怒《ふんぬ》の感情をこれでもかと増幅させている美咲。空になったプリンの容器を持って、足を小刻みに揺らしている。

「お、落ち着けって。俺も日比谷も心当たりがない。そもそも、勝手に人のもの食べたりしないって」

「じゃあ、なんで空になったプリンの容器が捨てられてるの！　絶対、どっちか一人が食べてるのは間違いない！　いや、共謀している可能性もあるよね！」

どうしたものか。美咲の追及が止まらない。

俺が食べていないのであれば、必然的に日比谷が食べたことになる。けれど、その日比谷も思い当たる節がない様子。

対応に困っていると、日比谷が身を寄せてきた。

「足、痺《しび》れてきました……」

「そこ！　お兄にベタベタしないで！」

「仕方ないじゃないですか。正座苦手なんです」

「それとお兄の肩に頭を乗せるのは別問題でしょ！」

「りょ、涼太……くんっ。だ、だめ……だめですって。今、足凄《すご》く敏感になってますから……さ、さわっちゃ……んっ」

「お兄何もしてないよねぇ!?　なに勝手に一人で盛ってるのかな!?」

美咲は、俺と日比谷の間に割って入ると、強引に距離を取らせてくる。

「何するんですか、美咲ちゃん！」

「大事な話してるのにふざけてるからでしょ！」

「大事なって、たかがプリンでしょう」

「たかが……？」

「い、いえすみません。大切な問題だと思います」

「そう。ならいいんだ。なら」

美咲がいつになく苛立っているのを感じたのか、日比谷が珍しく屈する。

甘い物の話になると、美咲は厄介だ。余計なことは言わない方がいい。

いっそのこと、同じプリンを買い直して穏便に話を済ませたいところだが、奇《く》しくもハワイ限定のレア物らしいしそれは難しいだろう。

「昨日の夜の時点ではあったんだよな？」

「うん。ちゃんと確認したもん。てか、お兄の自称彼女がどう考えても怪しいんだよね。リビングで一人でいられる時間いっぱいあったし」

「自称じゃありません。ちゃんと涼太くんの彼女ですから」

「それは今いいから。で、いい加減自白したらどうなの」

「ですから、私は食べてませんって。不用意に糖分を取ったら太るじゃないですか」

「ふーん。その割に胸には脂肪が溜《た》まってるみたいだけど」

「これは天からの恵み物です、嫉妬しないでください。小さくても需要はありますよ、きっと」

「ち、小さくないし！」

「ごめんなさい。小さいんじゃなくて無でしたね」

「表出ろ！　わたし、き、着やせするタイプだから？」

プリンの話が、なぜか胸の話に移行していた。

美咲は真っ赤な顔をして、地団駄を踏む。こういう話は少し居心地が悪い。

それとなく視線を逸《そ》らしていると、隣で正座をしている日比谷が柳眉《りゅうび》をひそめた。

「一ついいですか、美咲ちゃん」

「なに？　言っとくけど謝るなら今のうちだからね」

「いえ、シンプルに疑問に思ったことがあるんですけど、美咲ちゃんが食べたって可能性はないんですか？　例えば、夜中に起きて食べたとか」

「は？　そんなことあるわけ——」

美咲は流暢《りゅうちょう》な口振りで声を上げるも、何かを思い出したのか声を堰《せ》き止める。

パチパチとまぶたを開け閉めすると、急に見たこともない量の汗を噴き出した。

さーっと逃げるように視線を逸らす。

「え、お前まさか自分で食べたの忘れて、勝手に問い詰めてたの……？」

「お、お兄ちょっと黙って」

「その上、正座までさせて叱責してたの……？」

「…………」

次の瞬間、芸術レベルの美しい土下座をする美咲の姿があった。

「ごめんなさい。はい、今回は全面的にわたしが悪かったです。勝手に自分で食べたのに疑ってすみませんでした！」

「どう、責任取ってくれるんですかね。私と涼太くんは謂《い》われもない罪で叱責されていたんですけど」

「うっ……え、えっとじゃあ、どうすれば……」

「私と涼太くんのお付き合い、認めてくれますよね？」

「え？」

「あまり外野がうるさいと、満足にイチャイチャできないじゃないですか。正直、美咲ちゃんが私たちの交際を認めてくれると都合がよくて」

日比谷はパンと両手を合わせると、快活な笑顔を見せる。

美咲は苦虫を噛《か》み潰したような表情で、目線を逸らす。

「……それは、嫌。てかさっきだって、わたしに隠れてイチャついてたじゃん」

「へぇ、冤罪《えんざい》を吹っ掛けておいて良いご身分ですね」

「それは悪かったと思ってる。けど、嫌なものは嫌」

「むぅ。やっぱり美咲ちゃんとは仲良くできる気がしません」

「別に仲良くしようと思ってないし」

膨《ふく》れっ面《つら》を浮かべる日比谷。美咲は、ツンとした態度でそっぽを向く。

相変わらずの険悪な空気に当惑していると、美咲が上目遣いで俺を捉えた。

「お兄、疑ってごめんね。わたし、どうしたら許してもらえるかな」

不安を帯びた捨てられた子犬のような表情。

「誤解は解けたし、もういいよ」

「お兄……っ」

美咲はぱぁっと目に光を宿すと、俺の身体《からだ》に抱きついてくる。

咄嗟《とっさ》のことに、俺は肩をピクリと上下させた。

「な、なんだよいきなり」

「ごめんね、お兄」

「わ、わかったから。抱きつくなって」

美咲が俺に甘えてくる。

日比谷は額に青筋を立てると、俺から美咲を引き剝がそうと躍起になった。

「美咲ちゃん、涼太くんにくっ付かないでください！」

「妹が兄にベタベタしてるだけじゃん。なにか問題ある？」

「大ありです！　すぐ調子に乗って……！」

「ちょ、引っ張らないでよ。服伸びるでしょ！　これ結構高いんだから！」

日比谷と美咲が揉《も》め始める。

せっかく大人しくなったと思えば、またこれだ。

俺は天井を仰ぎ見ると、小さく吐息をもらした。

※

それから数日が経《た》ち、木曜日になった。

ゴールデンウィークは明け、今日からはいつも通り学校に通わなくてはいけない。

すでに身支度は済ませ、これから登校しようというときだった。

「涼太くん、ネクタイ曲がってますよ」

「あれ、ほんとだ」

「あ、待ってください。私にやらせてほしいです」

「できるの？」

「ふふっ、任せてください」

自信を覗《のぞ》かせる日比谷。

慣れた手つきで、ネクタイを結び直す。俺がやるよりも早い。

「ネクタイ結ぶの上手《うま》くないか？」

「一時期お父さんのネクタイをやってあげてたことがあったので、それで上達しました」

「そう、なんだ……」

「ホントにお父さん相手ですよ？　他の人にやったりはしてません」

「疑ってるわけじゃないんだけど。なんとなくモヤモヤする」

「ヤキモチ妬《や》いてくれてるんですか？」

「そうかも」

「……っ。こ、これからは毎日私が涼太くんのネクタイ結んであげますね」

「い、いいよ、そんな……」

日比谷は湯気が出そうなほど顔を赤くする。

彼女の父親相手に嫉妬するとは……。恋愛すると馬鹿になるな、マジで。

自分の発言を思い返して、羞恥心を抉《えぐ》られていると不意にリビングへ続く扉が開く。

眉をひそめた美咲が現れ、ぶっきらぼうに切り出してきた。

「お兄、いつになったらその人と別れるの」

退屈そうに腰に手を置いて、ジト目で俺たちを睨《にら》んでいる。

「今のところ別れる予定はないよ」

グイッと、強めに制服の袖を引っ張られる。

見れば、日比谷が恨めしそうに俺を睨んでいた。

「今のところじゃありません。一生、別れる予定ないですよ、涼太くん！」

「一生って重すぎでしょ」

「重くないです。私、涼太くん以外に結婚相手は考えられません」

「案外こういう人が冷めやすいんだよね。しれっと浮気《うわき》したりして」

「なッ……根も葉もないこと言わないでください。私が何年片想《かたおも》いしてたと思ってるんですか！　死ぬまで涼太くん一筋です」

「……ふん」

美咲は突き放すように鼻を鳴らすと、こちらにやってくる。俺にだけ聞こえるように、耳元でそっと囁《ささや》いてきた。

「わたしの友達、今度お兄に紹介してあげるね。絶対お兄には合ってると思うな」

「し、しなくていいって」

「遠慮しないでよ。超可愛《かわい》いから安心して、どっかの誰かさんより何十倍も可愛いからさ」

耳ざとく美咲の声を聞き取った日比谷が、焦燥感たっぷりに割り込む。

「そ、そんなの絶対ダメですから！」

「わたしはお兄に言ってるの」

「もう、なんなんですか。毎回毎回私に突っかかってきて！」

「突っかかってくるのはそっちでしょ！」

「涼太くんは私の彼氏です。友達紹介するとかやめてください」

「お兄はわたしのお兄だから。兄の彼女は妹が決めるもんでしょ」

「どこの世界の常識ですか！」

「じゃあわたしが第一人者でいいよ。新しい常識を作るまでだし」

美咲も本気で言っているわけじゃないと思うが、日比谷への敵対心はすごい。

ほんと、なんでこんな仲が悪いのやら——

「おい、朝から喧嘩《けんか》すんなって。もうそこら辺で」

「「誰のせいだと思ってるの（ですか）!?」」

二人、声をハモらせて俺にぶつけてくる。

怒声を一身に受け止めて、放心する俺。さっきまでの騒がしさが鳴りを潜め、静まりかえる玄関。

と、日比谷は思い出したように「あ」と口を開いた。

「そういえば今日、日直なんでした。私もう行かないと！」

荷物を持つと、慌ただしく靴に足を入れる。

しかし、日比谷はすぐに外に向かわない。俺の隣で足を止めて、耳元に顔を近づけてきた。

「愛してます、涼太くん」

その言葉の威力を前に、頭が真っ白になる俺。日比谷はふわりと微笑《ほほえ》むと、そのまま玄関を後にした。

俺と美咲の二人きりになる玄関。

美咲はむくれた表情のまま、ジトッと半開きの目で俺を睨む。

「お兄デレすぎ」

「そ、そんなことないって……てか、俺もう行くな」

「あ、ちょっと待ってお兄」

俺も学校に向かうべくバッグを持ち上げると、美咲が呼び止めてきた。

「どうかした？」

「お兄とあの人を二人きりにするのは、不本意なんだけど……もの凄《すご》く不本意なんだけどね」

「……？　うん」

「わたし、しばらく友達の家に泊まることにしたから。ほら、最初帰ってきたとき言ったでしょ。三日くらいしたらまた出掛けるって」

「あぁ、言ってたな。わかった。じゃあ行ってくる」

美咲の報告を受け、俺はバッグを肩に掛ける。

「え、それだけ？」

「それだけって、いつもこんなもんでしょ」

「違う、なんかいつもより素っ気ない！　わたしがいると邪魔だから、出て行ってくれて内心嬉《うれ》しいんでしょ」

「は？　そんなことないって」

「お兄、ちょっと前までシスコンだったのに……」

「誰がいつシスコンだったんだよ」

聞き捨てならないことを言われる。

俺にシスコンの気《け》など、これぽっちもない。

俺が胡乱《うろん》な目で見つめる中、美咲は続ける。

「まぁとにかく、これからまた家を空けるけど……くれぐれも変なことしないでよお兄」

「しないよ。そのくらいはちゃんと弁《わきま》えてる」

「ならいいけどさ」

「てか、友達の家って大丈夫なの？　親御さんの了承はちゃんと取れてるのか？」

「あ、それは大丈夫。実は、前にアメリカ行ったとき友達になった子が帰国するみたいでさ。一人暮らしみたいだから、ルームメイトが欲しいみたい」

「お前、コミュ力やら行動力やら運やら何かと規格外だよな……」

「まぁね。神に愛されてるんだよわたしは」

自由気ままに色々出かけて、あまつさえ外国で友達まで作るとは……本当に同じ血が流れているとは思えない。

「ん？　じゃあ、どうして日曜日に帰ってきたの？　友達の家に泊まる予定があるならそれに合わせて帰ればよくないか？」

「……っ。べ、別にどうだっていいでしょ」

ツンケンした態度でプイとそっぽを向かれる。俺は煮え切らない思いを蓄えつつ。

「あ、一応確認するけど」

「ん？」

「その友達、男ではないよな？」

「当たり前じゃん。なにお兄、心配なの？」

「確認しただけ。もし男友達の家に泊まるとかだと、親父《おやじ》ブチ切れそうだし……俺に火の粉が飛びかねない」

「あはは、確かに。あ、そうだお兄も一緒に来る？　わたしの友達、お人形さんみたいに可愛いから、きっと気に入ると思うな」

柔和《にゅうわ》な笑みを浮かべる美咲。

美咲が褒めるってことは、本当に美少女なのだろう。

「行くわけないだろ。向こうも気まずいだろうし」

「勿体《もったい》ないなー。ま、お兄が乗り気じゃないならいいや。じゃ、行ってらっしゃい」

「うん。行ってくる」

ひらひらと手を振ると、美咲が手を振り返してくれた。

また、日比谷との二人暮らしに逆戻りか。少し不安だな。

美咲がいなくなったとなれば、日比谷は暴走しかねない。俺の理性のタガが外れないよう、しっかりと注意せねば……。

俺はそう自分に言い聞かせて、学校へと向かった。

第六章　和泉梨央奈《いずみりおな》は見栄《みえ》を張りたい

電車と徒歩を合わせて四十分。

住宅街のすぐ近くにそびえ立つ校舎。県立秀ヶ先《しゅうがさき》高等学校。

その三年七組の教室にて。窓際《まどぎわ》の最後尾に腰を据えて、英語の勉強を進めているときだった。

「涼太《りょうた》。ティッシュほしい」

「バッグにあるから勝手に取って」

起伏の少ない平坦《へいたん》な声が、真横から飛んでくる。顔を上げると、最初に目に入ってきたのは腰に届きそうなくらいスラリと伸びた長い髪。若干、青みがかっている。

容姿端麗で、少し眠たそうな目。右目が隠れるくらい、前髪は長い。

俺の了承を得ると、彼女は机のフックに掛けてあるスクールバッグを漁《あさ》り始める。

「あった。ありがと」

ポケットティッシュを数枚重ねて、強めに洟《はな》をかむ。

「風邪でも引いた？」

「引いてない。ただ鼻水が出るだけ」

「ちょっとおでこ貸して」

「ん」

前髪を掻《か》き上げておでこを見せてくる。

俺はシャーペンを机の上に転がすと、彼女の額へと手を伸ばした。

自分の体温と比べて、熱の有無を吟味する。

「まぁ熱は大丈夫そうかな」

「だから風邪じゃない」

「でも鼻の風邪もあるしさ。あ、そのティッシュ持って行っていいから」

「うん。ありがと」

コクリと首を縦に下ろすと、彼女は自席へと戻っていく。俺は机に放置したシャーペンを手に取り、再び英語の勉強に取りかかった。

周囲からは「またアイツらやってるよ」「イチャつきやがって」と呆《あき》れたような、それでいて苛立《いらだ》ったような声が上がっていた。

全くもって不本意極まりない。

俺と彼女――和泉梨央奈《いずみりおな》はただの友達だ。それ以上でも、それ以下でもない。

しかし、周囲からは交際していると誤解されている。最初のうちは否定していたが、いくら誤解を解こうとしても理解を得られないので、もう諦めて放置している。

嘆息していると、スタスタと足音が近づいてきた。

「言い忘れてたことある」

「ん？」

視線をやれば、ついさっき自席に戻ったはずの梨央奈がそこにいた。

「涼太。そこ寝癖ついてる」

「え？　どこ？」

「後ろの方……やってあげるからジッとしてて」

「ごめん、サンキュ」

「ううん。気にしなくていい。いつものことだし」

登校中に風になびいて髪の毛が翻《ひるがえ》ったのだろうか。

梨央奈は俺の背後に回ると、手櫛《てぐし》でくせっ毛を梳《す》いてくれる。俺は彼女に身を委ねるだけ。

ふと、俺も梨央奈に伝えていないことを思い出し、口火を切った。

「あ、そういや俺、彼女できた」

「涼太。今日はエイプリルフールじゃない」

「嘘《うそ》じゃないって。ホント。マジのやつ」

「病院行く？」

「お前、本気で信じてないな……」

「ううん。信じてるよ。だから病院行こ？」

慈愛に満ちた目を向けてくる。

冗談ではなく、真面目に心配している辺りタチが悪い。そりゃ、女っ気のない生活してたけどさ。

学校内に限れば、梨央奈以外に気軽に話せる女子いないし……。

「行かないって。あ、証拠見るか？」

「ごめん」

「なんで謝るんだよ」

「わたし、合成した写真くらい見破れる。涼太の悲しい嘘に乗ってあげられない」

「合成写真なんか作ってないから！　まず作り方自体わかんないし、てか、嘘で彼女いるって見栄《みえ》張《は》ってどうすんだよ」

「……確かに。涼太、わたしに見栄張ってどうしたいの？」

キョトンと不思議そうにする梨央奈。だから見栄張ってないっての。

俺は呆れたように嘆息すると、スマホを取り出す。

「ほらこれ。この子が俺の彼女」

スマホを指さして、俺に彼女ができたことを証明する。

液晶に映るのは、日比谷《ひびや》がベッタリと俺に抱き着いている写真。この前、撮ったやつだ。

梨央奈は俺の寝癖を直す手をパタリと止める。

たっぷり三十秒ほど硬直した後、胡乱な眼差《まなざ》しを向けてきた。

「……いくら払ったの？　怒らないから教えて」

「そう来たか……」

「だってこの子、涼太には分不相応なくらい可愛《かわい》い。不自然」

「ちゃんと彼女だから。あと、幼馴染《おさななじみ》なんだ」

「幼馴染？」

「そう。だからまぁ積み重ねもあるっていうか」

「幼馴染……なるほど、疑ってごめんね涼太」

幼馴染というワードで納得がいったのか、梨央奈は素直に謝ってくる。

時折、微妙に傷つく毒を吐くくせに、こうやって謝ってくるから憎めない。

「いいよ。実際、釣り合ってないのは事実だし」

「ううん。それはわたしが意地悪言っただけ。涼太はそこまで顔悪くない。わたしは好き」

「な、なにお前。俺に気でもあるの？」

「お世辞を本気にされると困る」

……まずい。死にたくなってきた。

気安く好きとか言わないでほしい。特に俺みたいに恋愛経験が枯渇《こかつ》している男はすぐ勘違いするんだから。

「何はともあれ、よかったね涼太。てっきり、涼太は独身のまま、誰にも看取《みと》られず骨になると思ってた」

「それはちょっと俺が可哀想《かわいそう》すぎる」

「今の日本の現状を見ると、そこまであり得ない話じゃない。だから涼太はその彼女を一生大切にした方がいい。手放したら次はないと思う」

「お、おう。次はないのか……」

元より別れる予定はないけれど、そこまで俺に恋愛の適性がないとは思わなかった。

「寝癖直ったから戻る。またね」

「うん。ありがと」

梨央奈は微《かす》かに口角を上げると、今度こそ自席に戻っていく。

ふと、俺の元に視線の雨が降り注いでいることに気が付いた。男子からの殺気立った視線が痛い。英語の参考書に目を落とすと、俺はシャーペンを走らせる。

俺と梨央奈はただの友達。しかしどうにもまた、誤解されているらしい。

※

つつがなく、ゴールデンウィーク明けの学校生活を終えて放課後を迎えた。

砂利道をローファーで踏みならしながら歩いていると、いつになく正門のあたりが騒がしいのが気にかかった。

人集《ひとだか》りの大半は、男子生徒で形成されている。「君どこの学校？」だとか「彼氏いるの？」だとか鼻の下を伸ばした質問が飛び交っていた。

察するによほど可愛い子がいるのだろう。こんな光景、そうそう目にする機会がないため、どれほどの美少女がいるのか興味が募る。背伸びをして、人だかりの中心を注視した。

と、そこにいたのは——

「あ、涼太くんっ！」

——見覚えのある人物。というか俺の彼女だった。

日比谷は俺と目が合うなり、薄茶色のショートヘアを揺らしながら駆け寄ってくる。俺の背後に隠れて、ギュッと制服を摑《つか》んできた。

「え、日比谷？」

「助けてください涼太くん。この人たちが私の個人情報を手に入れようと躍起になっていて！」

焦燥感たっぷりに早口で言う。

対して、日比谷相手に鼻の下を伸ばしていた連中の顔色は浮かない。この世の終わりでも見たかのような表情で、どんよりと項垂《うなだ》れている。

「ちぇっ、彼氏持ちかよ」

「そりゃそうだよな……」

「でも彼氏のほう冴《さ》えなくないか」

「なんで、あんな男に」

「この世界どうなってんだよ」

日比谷が彼氏持ちだと判明するなり、男子連中は散り散りになっていく。捨て台詞《ぜりふ》で、微妙に俺の胸を抉《えぐ》ってくるのやめてほしい。泣くよ？

俺の登場を境に、喧騒《けんそう》に一段落がつく。

日比谷はホッと胸を撫《な》で下ろしていた。俺はそんな彼女を怪訝《けげん》な目で見つめる。

「どうしてココにいるの？　学校は？」

「今日、職員会議があるとかで早めに終わったんです。それで、涼太くんにいち早く会いたくて校門の所で待っていたら、次から次へと声を掛けられてしまって」

日比谷は疲れたように息を漏らすと、甘いフルーツのような香りを漂わせて俺の腕に絡《から》んできた。

「……っ。ちょ、ちょっと、人目もあるからさ」

「すみません、人酔いしちゃって……」

「ごめん、気づかなくて！　座る？」

「い、いえ大袈裟《おおげさ》に捉えないでください。ただの涼太くんにくっ付く言い訳ですし」

柔和《にゅうわ》な笑みを浮かべる日比谷。俺は唇をキュッと引き締める。

日比谷は、ひらひらと両手を振ってへっちゃらな態度を見せてきた。

「ホントに大丈夫ですから。えっとほら、また声を掛けられると面倒なので、私は涼太くんの女ですってアピールしているだけです」

「なら、いいけど……」

日比谷は微笑を湛《たた》えると、俺の腕に密に接触してくる。

「ところで」

「ん？」

「浮気《うわき》してませんよね？　涼太くん」

「は？」

日比谷の視線が、俺から斜め後ろへと移動する。

彼女につられて振り返ると、背後に立っていた人物と目が合った。

彼女は憮然《ぶぜん》とした様子で、俺の制服の袖をちんまりと摘まんでいる。

「やっと気づいた。ずっと気づいてもらえなくて寂しかった」

「いやそんなに気配消されたら気づけないって。いつからそこにいたんだよ、梨央奈」

斜め後ろに立っていた梨央奈の存在に気がつき、俺は戸惑いの色を浮かべる。

梨央奈は淡白な表情のまま、あっけらかんと続けた。

「涼太が教室を出てからずっといた。背後から迫って、驚かせようと思ったけどタイミングを逃してた」

「悪趣味だな」

「急に褒めないでほしい。まったく、これだから涼太は……」

一切褒めたつもりはないのだけど。

と、突然、俺の背筋にぞわりと寒いものが走る。

振り返れば、微笑を湛えてはいるものの、目が一切笑っていない恋人の姿があった。

「あ、えっとコイツは――」

「和泉梨央奈。涼太とはただの友達」

俺の声に被《かぶ》せる形で、梨央奈が自己紹介を始める。今朝、写真を見せたから日比谷が俺の彼女であることを理解しているのだろう。

日比谷は値踏みするように、梨央奈を見つめる。

「日比谷沙由《さゆ》、涼太くんの彼女です。和泉さんは――」

「梨央奈でいい。名字で呼ばれるのは好きじゃない」

「そうですか。じゃあ梨央奈さん」

「うん」

「梨央奈さんは、本当にただの友達なんですか？」

「……？　当たり前。涼太を恋愛対象にする神経がわたしにはわからない」

「し、失礼ですね！　涼太くんはカッコいいですから！　一回、脳を診《み》てもらった方がいいんじゃないですか⁉」

「診てもらうのは沙由の方。だよね？　涼太」

ここで俺に話を振るのは、どうかと思う。

俺はジト目で梨央奈を捉えると、彼女の頭を優しくチョップする。

「もう少し気を遣うことを学ぼうな、お前」

「あぅ。本当のこと言っただけなのに……」

「尚更《なおさら》悪い！」

「だったら涼太はもう少し外見に頓着した方がいい。髪型とか」

「うっ……それは、まぁおいおい気にし――った！　なにすんだよ」

「仕返し。やられたらやり返す。それがわたしの流儀」

おでこにデコピンを受ける。

俺が右手でおでこを摩《さす》りながら梨央奈を睨《にら》んでいると、グイッと腕を後ろに引っ張られた。重心がずれて、体勢が崩れる。

「涼太くん？　なに、彼女の前で他の女の子とイチャイチャしているんですか？」

ピキピキと額に青筋を立てて、暗くよどんだ瞳を向けてくる。俺の腕を掴む力が強い。

「い、イチャイチャなんかしてないって」

「いやどう見てもイチャイチャしてましたよね！　気の置けない距離感というか、付き合って長いカップルというか！」

「は、はぁ？　そもそも梨央奈と本格的に話すようになったの一ヶ月前とかだよ」

「一ヶ月前!?　それでその距離感おかしくないですか!?」

日比谷は矢継ぎ早に口をパクパク動かして、当惑する。

だが俺も梨央奈もピンとこない。二人同時にこてんと首を横にかしげて、訝《いぶか》るように日比谷を見る。

「誤解しないでほしい。わたしは異性としての涼太に興味はない」

「でも、休日に涼太くんと二人きりで一緒にいましたよね。私、知ってるんですから！」

日比谷が心配を宿した瞳で、梨央奈の反応を窺う。

以前、日比谷は俺と女の子が一緒にいる場面を目撃したと言っていた。やはり、日比谷が見かけた女の子は梨央奈のことだったか。

「……図書館のこと？」

「はい。図書館の近くで見かけましたけど」

「それなら涼太と二人で勉強をしていただけ。デートとかでは断じてない」

「そう、ならいいんですけど」

「うん。わたしと涼太は友達。……いや同志」

「同志、ですか？」

「そう。同じ大学を――」

淡々とした様子で言葉を重ねる梨央奈。

俺は風を切るような速度で彼女の口を塞いだ。

「り、梨央奈ゴミついてるよ」

「ふぁ、ふぁにふるの」

梨央奈が、不信感たっぷりに俺を睨んでくる。

だが、俺は梨央奈から手を離さない。依然として梨央奈の口を手で押さえながら、日比谷に視線を送る。

「え、えっととにかく梨央奈はただの友達なんだ。だから日比谷が余計な心配をする必要は何もなくて」

「いやまた心配が増えましたよ！　何してるんですか涼太くん。わ、私もまだそんな風に涼太くんに触れられたことないのに！」

　日比谷がなぜか羨ましそうに梨央奈を見る。それでいて、嫉妬心をむき出しにしていた。

ここ、嫉妬する場面ではないと思うのだけど。

とはいえ、梨央奈に余計な発言をさせる訳にはいかない。

たじろぐ俺に、日比谷は尚《なお》も続ける。

「それに今、梨央奈さん何か言いかけてましたよね。大学がどうとか」

「き、聞き間違いじゃないかな」

だくだくと汗を流しながら、強引に笑顔を取り繕う。

と、そんな俺の様子を見ていた梨央奈が、俺の手から抜け出した。

「とにかくわたしは、涼太を異性として見てない」

「なら、いいんですけど……くれぐれも適切な距離感でお願いします」

「ん。了解した。それじゃ、邪魔者はもう帰る」

「あ、あの」

「ん？」

「さっき、なんて言おうとしてたんですか？」

「忘れた。またね、沙由」

梨央奈は何食わぬ顔でひらひらと手を泳がすと、そのまま正門を抜けていく。

マイペースな梨央奈の様子に、日比谷は少し意表を突かれているみたいだった。

ホッと胸をなで下ろす。梨央奈が気を遣ってくれたみたいで助かった。大学の話は、日比谷には聞かせたくないからな。

梨央奈が人波の中に姿を消す。

日比谷は煮え切らない表情を浮かべると、じぃっと俺の目を見つめてきた。

「やっぱり涼太くんは油断なりませんね」

「いや、だから梨央奈はただの友達なんだって」

「でも友達から始まる恋もあるじゃないですか」

「梨央奈は俺のこと眼中にないと思うよ」

あくまで友達。あるいは弟程度に認識している節がある。

現に、彼女は異性として俺に興味はないと断言している。それは俺も同じだ。梨央奈を恋愛対象として見たことはない。

「それに涼太くん。私のことは名前で呼んでくれないのに……梨央奈さんのことは名前で呼んでましたし」

「それはそう呼んでほしいって言われて」

「私も名前で呼ぶようお願いしたと思うんですけど」

「じゃあ……さ、沙由」

「……っ。…………」

加速度的に頬を赤くして、うつむく日比谷。

耳まで赤くなっていた。

「そんな調子じゃ、名前で呼べないって……」

「だ、だって嬉《うれ》しいんです。好きな人に名前で呼ばれるのって。それでつい舞い上がっちゃって」

俯《うつむ》き加減にぽしょりと呟《つぶや》く日比谷。

なぜか俺まで恥ずかしくなって、頬が赤らむ。日比谷の目を見られない。

ふと、周囲から注目を集めていることに気がついた。

「取り敢《あ》えず帰ろうか。ここにいると邪魔になっちゃうし」

「はい。あ、少し付き合ってもらいたい場所があるんですけど、いいですか？」

「いいよ。元々そのつもりで来たんでしょ？」

「ふふっ、バレてましたか」

日比谷はクスリと微笑《ほほえ》むと、俺に身を寄せてくる。照れ臭い感情を押し殺しながら、俺たちは拙い足取りで帰路に就くのだった。

※

自宅の最寄り駅から、すぐ近くに併設されたショッピングモール。

平日とはいえ、人で賑《にぎ》わっている。学校帰りの学生の姿が多く、店内は程よく活気づいている。

日比谷に目的地を伝えられないまま連れてこられたのは、子供服売り場だった。学生カップルが放課後に寄る場所ではない気がする。

楽しそうに服を見定める日比谷に、俺は胡乱《うろん》な眼差《まなざ》しを向けた。

「なんで俺……こんなところに連れてこられてるの？」

「惚《とぼ》けないでください、涼太くん。私の身体《からだ》はもう一人のものじゃないんですよ。子供の服を選ぶのにおかしなことありますか？」

「全面的におかしいと思う」

「あんなに激しく求めあったじゃないですか。……まさか忘れたなんて言いませんよね？」

「思いっきり言いたい。忘れたどころか身に覚えがない！」

「……わかりました。この子は私一人で育てていきます。大丈夫です。涼太くんに面倒は掛けません」

「激しく俺がクズ男になってるんだけど！　俺をどうしたいの⁉」

労《いた》わるように一切膨らんでいないお腹《なか》をさする日比谷。

俺が胡乱な眼差しを向けていると、いい加減やめ時だと悟ったのか、申し訳なさそうな表情を浮かべる。

「すみません、少し悪ノリが過ぎました」

「ホントね……。で、どうして子供服売り場なんかに」

そもそもの話だが、もし子供ができたならベビー服売り場に行くべきだ。

「実は、そろそろ従姉妹《いとこ》の誕生日なんです。それで、プレゼントにお洋服でも買ってあげようかと思って」

「そういうことか。変なこと言うなよな」

「変なことじゃないです。私は本当にそうなったらいいなって思いますよ」

「……っ。そ、そうですか」

「はい。あ、それで涼太くんもよかったら一緒に選んでくれませんか？　子供用だと何がいいのか、イマイチわからなくて」

日比谷が手近の服を適当に取りながら、小首をかしげる。

俺も近くの服を取って、選定を始めた。

「それはいいけど、俺、服選びのセンスないよ。役に立てない気がするけど」

「そんなことないです。客観的な意見を頂けるだけでも十分助かりますし」

俺は服に対して頓着がない。正確には、オシャレをよく理解していない。

中学生レベルのセンスを割とアリだと思ってしまう残念感性だったりする。そのため、日比谷が俺を服屋に連れ回すことは少なくなかった。現に、俺のクローゼットの中にあるのは、日比谷が選んだ服ばっかだし。

少し話が逸《そ》れたが、俺にできる限りの協力はしよう。客観的な意見を言うくらいはできる。

「従姉妹って何歳？」

「今年で九歳になる女の子です。……あ、これなんかどうですか？」

日比谷はハンガーごと服を取ると、俺に見せてきた。黒と赤のチェックのワンピース。

だいぶ派手めの服だ。

「その子って目立つタイプの子なの？」

「いえ、大人しい感じです。人見知りも強いタイプで」

「じゃあ絶対それはなし」

「え、なんでですか。可愛《かわい》いじゃないですか」

速攻で拒否すると、日比谷が文句を垂れてくる。

「可愛いとは思うけど、大人しい子にこれはハードル高いって。いつも身の丈に合わない服を着させられる俺が言ってるから間違いない」

日比谷は服のセンス自体は高いと思う。壊滅的にセンスのない俺が偉そうに言えた立場じゃないけど。

ただ、着る側のことをなおざりにする傾向がある。某アイドル事務所に所属する超イケメンにしか許されない派手な服選びをすることもあるからな。

「そうですか。まぁ言われてみると少し派手かもですね」

「ああ。大人しい子ならもっと寒色系の方が……」

ハンガーを掻《か》き分けながら、最適な服を探す。

とはいえ、そう簡単に適した服は見つからない。

子供服なんて勝手がわからないし、女の子のモノとなれば何を選べばいいのか難しいのだ。そうして時間をかけて、日比谷と一緒に店内を見て回っているときだった。

「にぃに」

後ろからトンと軽い衝撃がぶつかってきた。振り返ると、青みがかった黒髪をした、五歳くらいの若干、舌の足りていない幼い声。

幼女がそこにいた。

パチパチとまぶたを開閉する。日比谷は口元に手を置き、愕然《がくぜん》とした様子で喘《あえ》ぐ。

「え……涼太くんいつの間に新しい妹を作ったんですか。美咲《みさき》ちゃんだけじゃ物足りなくなって——」

ひとまず、日比谷は放っておこう。今、彼女に付き合っていると余計ややこしくなりそうだ。

俺は、床に膝をついて幼女と視線を合わせる。

「迷子かな？」

「にぃに」

「い、いや俺はにぃにじゃないよ？　えっと、誰とココに来たの？」

「ねぇね」

「ねぇねはどこにいるかわかる？」

「にぃに！」

「え？　だから違うって……」

無垢《むく》な瞳で俺を見つめて『にぃに』と呼んでくる。

たじろぐ俺とは正反対に、幼女は満面の笑みを咲かせていた。

周囲に目を配ってみるが、家族らしき人は見当たらない。日比谷もボケている場合じゃないと察したのか、同様に膝を床について。

「お名前聞いてもいいですか？」

「しらないひととはなしたらダメなの」

朗らかな笑みを浮かべて、緊張をほぐすように日比谷は問いかける。

けれど幼女は応じない。フルフルと首を横に振って俺の身体に身を隠す。

「……っ。私は涼太くん、えっと、にぃにの彼女です。将来的には家族になる訳ですし……言ってしまえば、ねぇねですよ。警戒しないでください」

「いや何言ってんのお前……」

胡乱な眼差しを日比谷に向ける。

幼女は依然として俺の身体に隠れたまま、ジトッと半開きの目で。

「ねぇねじゃない。ねぇねはもっとかわいいもん」

「うっ……。そ、そうですか。調子に乗ってすみません」

子供の容赦ない一撃にライフポイントを削られた日比谷。その場でがっくりと項垂《うなだ》れていた。

日比谷は相当可愛いと思うのだけど……この子のお姉ちゃんはどんな人なのだろう。

何はともあれ、迷子なのは間違いなさそうだ。

「えっと、名前教えてもらっていい？」

「リカ」

名前を把握したところで、ちょんちょんと肩を小突かれる。

振り返ると、日比谷がそっと耳打ちしてきた。

「取り敢えず迷子センターに連れていきましょうか」

「だな。このまま放置できないし」

ここはショッピングモール。自力で、リカちゃんの姉を見つけるのは難易度が高い。館内アナウンスを流してもらうのが最適解だろう。

俺は床から膝を上げると、リカちゃんに向かって手を伸ばす。

「ちょっと移動するけど、大丈夫？」

「うん。でもにぃに、うわきしちゃダメだよ」

「浮気《うわき》？　いや、だから俺はにぃにじゃなくて」

「にぃに！」

どうにもこの子は俺を兄だと認識しているらしい。

そんなに似てるのかな。少し興味が湧いてくる。

リカちゃんは俺の前に立ち塞がると、むくれた表情で日比谷を睨《にら》み始めた。

「ねぇねのニセモノは、いっしょにきちゃヤなの！」

「わ、私すごい嫌われてますね……」

「嫌われてはないって。なんか誤解してるだけで」

日比谷はしゅんとうつむくと、額に縦線を入れる。子供好きだからな……。こう、真正面から拒絶されると精神的に来るものがあるのだろう。

俺がどうしたものかと逡巡《しゅんじゅん》していると、日比谷がそっと耳打ちしてくる。

「取り敢《あ》えず、私がいると不都合みたいなので一旦別行動しましょうか。リカちゃんのお姉さんが見つかったら、戻ってきてください」

「うん。終わったら連絡する」

日比谷は微笑を湛《たた》えると、そそくさとこの場から退散してくれる。

この場に二人きりになると、リカちゃんはその小さい手で俺の手を握ってくる。

「にぃにのて、はじめてにぎった」

複雑な家庭環境が垣間《かいま》見《み》えて、胸が締め付けられる。

あまり他人の家庭の事情に首は突っ込まない方がいい。俺は今の発言は聞かなかったことにして、迷子センターへと向かった。

※

結論から言おう。

リカちゃんの保護者は見つかった。

迷子センターへと向かっている道中に出くわしたのだ。

これで一件落着なら良かったのだが、事はそう単純にはいかなかった。というのも。


「涼太。この子の兄になってほしい」

現在、俺は兄になる打診を受けていた。自分で言ってて頭が痛くなりそうな状況である。

目の前にいるのは、先ほど正門のところで別れた友人——和泉梨央奈。

フードコートにて。リカちゃんはペロペロと二段のアイスを舐《な》めている。

テーブルを挟んで正面の席に座る梨央奈のお願いを受け、俺は頬を斜めに引きつらせた。

「……もう少しわかるように説明して」

「怒らない？」

「うん。怒らないから言ってみ？」

「わたし、妹が二人いる。一人はこの子、あともう一人、中学生の妹がいる。すごく生意気な妹が」

今のところ、全然話が見えてこない。取り敢えずは聞き手に徹しよう。

「その中学生の妹さんが、なにか関係してるの？」

「うん。わたしに彼氏いないのかって、あんまりにも煽《あお》ってくるものだから、つい……嘘《うそ》を吐《つ》いた」

「嘘？」

「彼氏ならいるって嘘を吐いた」

「へ、へぇ……ちなみにその彼氏ってさ」

「今、目の前にいる」

真《ま》っ直《す》ぐに俺の瞳を見つめられる。

目を逸《そ》らしたところで、梨央奈は俺から視線を外さなかった。

「なに余計な見栄《みえ》張ってんのお前……」

「姉の威厳を保つため。必要事項だった」

必要事項とは思えない。見栄を張っても虚《むな》しくなるだけだと思うのだけど。

「てか、どうして俺を彼氏に選んでるわけ。ネットで適当な写真拾って、そいつを彼氏って言い張るとかさ」

「あ、その手があった」

「気づかなかったのか……」

ポンと手をついて、感心したような吐息を漏らす。いやまぁ、ネットの海に転がっている写真を使ったところで根本的な解決にはならないが。

「でも、涼太の写真を使ったのには色々な面でメリットがあったから」

「メリット？」

「うん。涼太に彼女はできないと思ってた。だから嘘の彼氏に適任」

「ナチュラルに酷《ひど》いよな、お前……。てか、それとリカちゃんが俺を兄だと思ってることとの繋《つな》がりが見えてこないんだけど」

俺を嘘の彼氏だと妹に紹介する。それ自体は、姉の威厳を保つために必要な嘘だったと百歩譲って納得はできる。しかし、リカちゃんが俺を『にぃに』と呼んできた意味がわからなかった。俺を呼ぶなら『ねぇねのかれし』とかが適当だ。

「アイツが余計な入れ知恵をした……」

アイツとは、この場にはいないもう一人の妹のことだろう。

「入れ知恵？」

「うん。わたしと涼太が結婚すれば、戸籍上、涼太は梨香《りか》の兄になる」

「まぁそうなる……か」

「だから、梨香は涼太のことを『にぃに』って呼んでる」

「いや、俺と梨央奈が付き合ってないのは大前提として、結婚してないよね？」

「そうだけど……アイツの中では既定路線に入っているみたい」

中学生の妹さんが、余計なことをしているらしい。本を正せば、彼氏がいると嘘を吐いた梨央奈が悪いのだが。

俺は嘆息しつつ、アイスを嬉《うれ》しそうに食べる幼女をチラリと見る。

「てか、そんな話リカちゃんの前で言ってよかったの？」

「梨香は食事中は食べることに集中する。だから、わたしたちの声は聞いていない」

「ならいいけど」

「涼太。怒ってる？」

「いや、怒っているというよりは、戸惑ってる」

勝手に彼氏役に指名されていた。こんな経験は初めてだし、すぐに呑《の》み込むのは難しい。

「……ごめん」

「ううん。でも、その嘘をこのまま続けるのは問題だよ」

「うん。わかってる」

コクリと首を縦に振る梨央奈。

リカちゃんはアイスの入ったカップをテーブルに置くと、快活な笑顔を浮かべた。

「ごちそーさまでした」

パンと両手を合わせて頬を緩めるリカちゃん。手の甲で口元を拭うと、椅子から立ち上がって俺の膝の上にやってくる。

「梨香。涼太に迷惑かけちゃダメ」

梨央奈がピンと人差し指を立てて注意する。

しかしリカちゃんは梨央奈の注意を聞かずに、無遠慮に俺の身体《からだ》に体重を預けてきた。

「あのね、にぃに」

「いや、俺はにぃにじゃ……」

否定しようとした刹那、梨央奈がフルフルと小さく首を横に振ってきた。

今、誤解を解くと面倒か。リカちゃんがすぐに納得してくれるかわからないし。

ひとまずこの嘘に付き合うとしよう。

「わたしね、ねぇねからにぃにのこと、いっぱいきいてるんだよ」

「そうなの？」

「うん。にぃには、やさしくてすごくカッコイイって」

「え？」

意気揚々と語るリカちゃん。

梨央奈と目を合わせる。感情の起伏が小さい彼女にしては珍しく、病気を疑いたくなるくらい紅潮していた。

「り、梨香。余計なこと喋《しゃべ》らなくていい」

「あとね、いつもねぐせがたってて、かわいいって」

「だ、黙って。静かにして梨香」

「からかうとたのしーけど、いじわるいっちゃって、いつもこうかいしてるっていってた」

梨央奈から聞いたであろう話を、容赦なく次から次へと打ち明けていくリカちゃん。

梨央奈は、耳や首まで赤々と染め上げ、見たこともない表情をしていた。ガンと音を立てるくらい強く椅子を引き、勢いそのままにリカちゃんの手首をつかむ。

「か、帰る。涼太、梨香が言ったこと、全部でまかせだから」

「ち、ちがうもん。ねぇね、にぃにのはなしするとき、いつもたのしそ――」

梨央奈はただでさえ赤い顔をさらに赤くすると、リカちゃんの口を塞ぐ。そのまま身体ごと引き寄せて、手首を引っ張った。

「これ以上しゃべるなら、ピーマン食べさせる」

「ひぅ……」

「それと、勝手に動かないで。また迷子になられると困る」

「ご、ごめんなさい」

梨央奈の眼圧に気圧《けお》され、戦慄するリカちゃん。

梨央奈はくるりと踵《きびす》を返すと、俺と目を合わせないまま。

「迷惑かけてごめんね。ちゃんと誤解は解いとくから」

「お、おう」

「じゃあまた」

「また……」

梨央奈はリカちゃんの手を引きながら、フードコートを後にする。

去り際、リカちゃんが何度もこちらを振り返っては、ひらひらと手を振ってきた。

俺も小さく手を振り返しつつ、梨央奈たちの姿が見えなくなってから日比谷の元に戻った。

※

子供服売り場にて。日比谷の従姉妹《いとこ》にプレゼントする洋服を買い終えた後。

俺は、リカちゃんが梨央奈の妹だったこと。そして俺を『にぃに』と呼んでいた理由などを話した。

日比谷は憂いに満ちた瞳で、小難しい表情を浮かべて問いかけてくる。

「涼太くん、リカちゃんの本当の兄になったりしませんよね？」

「いや、ならないよ。さすがに」

呆《あき》れたように笑うと、小さく首を横に振る。

「やっぱり、私の心配は的中してます。梨央奈さんは涼太くんのことを……」

「いや、それは違うよ。ただ、彼氏役に都合が良かっただけで」

「だったら、いいんですけど……。私、涼太くんが誰かに取られないか、気が気じゃないんです。……だから、これ、使ってもいいですか？」

潤んだ瞳で、下から覗《のぞ》き込むように見つめてくる。

彼女の左手には、俺が昔あげた『なんでも言うコト聞く券』が握られている。

「なんでそれ持ってるの？」

「お守り代わりに常備しているんです」

「何も加護ないよそれ」

「なくてもいいんです。気の持ちようですから」

俺の左手に券を握らせると、日比谷は上目遣いで俺と目を合わせてくる。

「絶対、浮気《うわき》しちゃ嫌です。浮気しないでください」

これまでの結婚や同棲《どうせい》といった突飛な要求からは一転、切実なお願いだった。

俺が考えている以上に、彼女に心配を掛けているみたいだ。

「わかった。必ず、約束する」

そう誓うと、日比谷は少しだけ安堵《あんど》した表情を見せる。

「はい。あ、私も絶対、浮気しませんから。ずっと涼太くん一筋ですから！」

前のめりになって、気合い十分に宣言する日比谷。

俺はほんのりと頬を朱に染めると、彼女の手に触れる。どちらからともなく手を合わせて、指を絡《から》ませていく。

「俺も、日比――沙由一筋だから」

「……っ。……言質《げんち》、取りましたからね」

途端に目を見られなくなって、俺は夕焼け色に染まる空に視線を移す。

しばらくお互いに何も言わないまま、家路を辿っていく。

でも、この沈黙が俺は嫌いじゃなかった。日比谷以外の誰かだったら、きっと沈黙に耐えきれなくなっていた。けど、日比谷相手だからこの沈黙も慈《いつく》しむことができる。こんな相手、そうそう出会えるものじゃない。失わないためにも、彼女を裏切る真似《まね》はできないな。

第七章　日比谷沙由《ひびやさゆ》は風邪を引く

日比谷《ひびや》との同棲生活は、早くも一週間が過ぎていた。

物心がつく以前からの付き合いだからか、同棲という特殊環境であっても大きな弊害はない。時折、日比谷が暴走して妙な行動に出てくるのは考えものだけれど、自然体でいられている。これがもし、関係性ができていない相手だったら心労が絶えなかったと思う。

何より、価値観の違いで揉《も》めそうだ。

そんなことを思いながら、朝食の準備を進めていると、唐突にリビングの扉が開いた。

薄茶色のショートヘア。ブラウンの大きな瞳の中に俺を映している。

「おはようございます。涼太《りょうた》くん」

「おはよ」

日比谷は少し覚束《おぼつか》ない足取りで、俺の元にやってくる。

背後から迫ると、勢いそのままに抱きついてきた。

「涼太くん、だーい好きっ」

「な、なにいきなり」

「急に言いたくなったので。病気みたいなものです」

「早く治したほうがいいよ、それ」

「一生治りません。大大大好きです涼太くん！」

「はいはい」

日比谷はムッと頬に空気を溜《た》め込むと、グリグリと俺の頬に人差し指をねじ込んでくる。

「適当にあしらわないでください。ちゃんと構ってくれないと拗《す》ねますよ」

「後で構うから、今は料理に集中させて」

「なに作ってるんですか？」

「フレンチトースト」

作り途中の料理を告げる。

日比谷は俺の元から離れると、興味深そうにキッチンに並ぶ食材を見やる。

「えへへ、楽しみです」

「良い子にしてないと、食べさせないから」

「む。なんですか急に子供扱いして。というか私、凄《すご》く良い子だと思います」

「料理中に邪魔する人は良い子じゃありません」

「だ、だって、しょうがないじゃないですか。涼太くんの近くにいたいんです」

物欲しげな視線を送ってくる。甘えたような声色も付随して、中々な攻撃力だった。が、料理に意識を向けることで相殺《そうさい》する。

「と、とにかく、料理中は危ないから」

「はい、我慢してま……っと、すみません」

日比谷は俺から離れようとするも、体勢を崩して俺の肩に体重を預けてくる。

「大丈夫？」

「だ、大丈夫です……全然」

ふと、日比谷の身体《からだ》がやけに熱いことに気がつく。

誰の目にも明らかなほど、顔が火照《ほて》っていた。それは、照れや恥ずかしさからくるものとは違う。

息遣いも少し荒い。俺は料理の手を止めると、日比谷のおでこに手を伸ばす。

「日比谷、熱出してないか？」

「え？　そんなことないと思いますけど」

口調こそ、いつもと大差はないが。

「……あつっ。やっぱ熱出してるよ」

「え、ほんとですか」

「あぁ……ちょっとこっち来て」

日比谷の身体を支えながら、ソファに座らせる。

引き出しから体温計を取り出すと、電源を入れた。

「測るから、ちょっと腕あげて」

「……じ、自分でやります」

「あ、うん。ご、ごめん」

「い、いえ……」

俺が服の内側に手を入れるのは、さすがにマズイよな……。そこまで考えが及んでいなかった。日比谷は俺から体温計を受け取ると、自ら腋《わき》に挟む。

ピピッという機械音を合図に、体温計を手渡してきた。

「三十八度一分か。まぁまぁあるな」

「そんなにあったんですね。多少怠《だる》くて、頭が痛くて、立つの辛《つら》いなぁとは思ってましたけど」

「それなら、もっと早く言って」

「余計な心配をかけたくなくて……」

「悪化する方が心配する」

俺はソファから立ち上がって日比谷に手を伸ばした。

「すみません……」

「立てる?」

「なんとか」

俺の手を支えにしながら、腰を上げる。だが、熱を自覚したせいか、上手《うま》く力が入っていないみたいだった。ぺたんと、その場に座り込んでしまう。

「ちょっと我慢して」

「え? りょ、涼太くんっ⁉」

俺は日比谷の肩と膝に手を回す。いわゆるお姫様抱っこの状態で持ち上げると、颯爽《さっそう》と踵《きびす》を返した。

男と女の身体つきの違いはあるとはいえ、日比谷の身体は軽かった。これなら部屋まで簡単に運べそうだ。

持ち上げられないなんて、情けない展開にならなくてよかった。

日比谷は恥ずかしそうに俺から目を離すと、ギュッと俺の服を掴《つか》んでくる。

「……涼太くん、意外と力あるんですね」

「多少、筋トレはしてるからな。体力はあるに越したことないし」

「頼りになりますね」

「そ、そうかな」

「涼太くんは本当に……いつも、私のことを助けてくれます」

ポツリと、消え入りそうな声で呟《つぶや》く。

俺は気恥ずかしさから、視線をあさっての方に逸《そ》らしてしまう。

階段を上り、日比谷が使用している部屋の扉を開ける。

窓際《まどぎわ》にあるベッドへと運び、可能な限り刺激を与えないようにして下ろした。

「今、冷やすモノ持ってくる」

「……すみません」

「謝らなくていいから」

「はい……」

急ぎ足で部屋を出ると、早速リビングに戻り、看病する道具を用意することにした。

※

時は幾ばくか流れ。日比谷の看病に一段落がついた頃。

日比谷の寝ているベッドの近くに椅子を置き、俺は文庫本を開いていた。

「涼太くん。私の傍《そば》にいなくて大丈夫ですよ。伝染《うつ》ったら大変ですし」

「大丈夫。マスクもしてるし……それにほら、俺、病気とかほとんど罹《かか》らないしさ。だから、俺のことは気にしなくていいよ」

「でも……」

「それより、何かしてほしいことある？　リンゴでも剥《む》いてこようか？」

「ありがとうございます。でも、今は大丈夫です」

「そっか」

日比谷は身体が強い方じゃない。昔に比べるとマシになったが、それでも体調は崩しやすい方だ。

そのくせ、無理をして自分一人でどうにかしようとしてしまう。だから何かあったときに、すぐさま対応できるようにしたかった。

日比谷は布団《ふとん》を口元まで持ってくると、クスクスと笑い出す。

「ふふっ、前にもありましたね。こんなこと」

「いつの話？」

「中学二年生のときです。私がインフルエンザになっちゃって」

「あー、あれはほら、学校サボりたかっただけっていうか……インフルエンザって治った後もしばらく学校休めるだろ？」

「こんなときに照れ隠ししなくていいですよ。忙しいお母さんとお父さんに代わって、涼太くんが看病してくれてたじゃないですか」

「む、無駄口叩《たた》く暇あるなら寝ろって」

「はーい。……あ、じゃあ一つお願いしてもいいですか」

「ん？」

日比谷は、布団の中から右手を出すと、俺の方に向けてきた。

「手、握っててください。涼太くんに手を握ってもらうと安心するんです」

「それだけでいいの？」

「もっとお願いしてもいいんですか？」

「それが病人の特権だろ」

病気に侵されているうちは、無双モードだからな。甘えたい放題、何を要求しても大抵のことは叶《かな》えてもらえる。

「じゃあ」

僅かに潤んだ瞳で、訴えかけるように俺を見つめる。

「頭、撫《な》でてほしいです」

「頭？」

「はい、涼太くんに頭撫でられるの好きです」

「……ま、まぁいいけど」

椅子に浅めに座りながら、日比谷の頭に手を伸ばす。

労《いたわ》るように、慈《いつく》しむように、ゆっくりと撫でてあげる。

年中くせっ毛で、ゴワゴワしている俺とはまるで真逆だ。さらさらで、一本一本がきめ細かい。枝毛がどこにも見当たらない。

日比谷は心地よさそうに破顔すると、口元まで布団を寄せる。

目元だけ見える状態で、俺に視線を送ってくる。

「私、寝たくないです」

「いや、無理にでも寝た方がいいよ。結局、それが一番すぐ治るし」

「だ、だって、寝ちゃったらこの幸せな時間が無くなっちゃう気がして」

「無くならないよ。頭撫でるくらいいつでもやるから」

このくらいで喜ばれるのであれば、いつだってやる。

「毎秒、求めちゃいますけど……いいんですか？」

「そんなに頭撫でたら禿《は》げるよ」

「……っ。そ、それは困ります。そうなったら、涼太くんに愛想《あいそ》尽かされちゃう……」

「俺、そんな簡単に日比谷に愛想尽かしたりしない」

一切茶化すことなく告げる。「でも」とマイナスな発言をしそうな彼女の声を遮って、俺は続けた。

「俺、日比谷の外見が好みとか、そんな理由だけで付き合ってない。外見だけで日比谷を判断している連中とは違うから」

「涼太くん……」

たかが、会話の流れの一つ。けど、どうしても否定せずにはいられなかった。

ふと、平静を取り戻し、ポリポリとこめかみの辺りを指で掻《か》く。

「……ご、ごめん。なんか今の俺、ちょっと変だな」

「い、いえ……私の方こそ、涼太くんが外見で判断する人じゃないってわかってたはずなのに、すみません」

俺はいつの間にか、撫でるのを止《や》めていた手を再開させる。

ちょっと空気が悪くなったな……。ここは話題を大きく転換させた方がよさそうだ。

「……あ、そうだ。寝られないなら昔話に付き合ってよ」

「は、はい、ぜひ」

これから話すのは、最近思い出した昔の記憶だ。思い出したついでに少し気になっていることがある。もし、日比谷が覚えているなら、その疑問を解消したいものだ。

「あれは多分、十歳のときだったと思うんだけどさ――」

※

「あ……やっと見つけた。こんなとこで何してんだよ」

とある神社の境内《けいだい》。賽銭《さいせん》箱のすぐ隣にある通路のような場所に、蹲《うずくま》っている少女がいた。

うなじの辺りで切り揃《そろ》えられた薄茶色の髪。ぶっきらぼうな声に反応して、彼女はひょっこりと膝から顔を覗《のぞ》かせる。

「りっくん……」

「ほら、おばさん心配してたし帰ろ！」

手を伸ばしてみる。

しかし彼女はフルフルと首を横に振るだけで、受け取ってはくれない。

「なにかあったの？　誰かと喧嘩《けんか》でもした？」

「違う」

「じゃあなんで――」

「……りっくんのバカ」

「は？　なんだよ日比谷。俺、なにかした？」

「それ」

「それ？」

「なんで急に呼び方変えるの。私、りっくんに嫌われたんだと思って………」

体育座りの姿勢に戻ると、彼女はくぐもった声を上げる。最後の方は何を言っているのか聞き取れなかった。

ポンと背中を押せば、すぐに泣き出しそうな雰囲気。それだけに、余計なことは言えない。恐る恐る、彼女の隣に向かい腰を下ろす。

「俺、日比谷のこと嫌ってなんかないよ」

「じゃあどうして呼び方変えたの？　それに、私のこと避けてる……」

「だ、だって、からかわれるし……あんま仲良くすると、付き合ってるとか、け、結婚とか言われるから」

「りっくんは、私と噂《うわさ》されるの嫌なの？」

「普通、根も葉もないこと言われたら良い気分しないよ」

「私は、うれしいけど」

「え？」

「な、なんでもない」

聞き返すも、はぐらかされる。

両手を強固に握りしめて、物悲しげな表情を見せる彼女に調子を狂わされた。

「とにかく俺、日比谷のこと嫌ってなんかないから」

「じゃあ、いつもみたいに『さーちゃん』って呼んで」

「それは……」

「やっぱり私のこと嫌いになったんだ」

「ち、違うって。あ、じゃあ、名前！　……これからは沙由《さゆ》って呼ぶから。だ、だから沙由も、これからは俺のこと涼太って呼んで」

「涼太……くん？」

「お、おう」

「涼太くん。えへへ、涼太くんっ」

少女は沈んでいた表情に光を灯《とも》して、朗らかな笑みを咲かせる。

「うん。やっぱり沙由は笑ってた方がいいよ。その方が可愛《かわい》い」

「……っ。か、可愛い……」

何の気なしに言った言葉。けれどそれを皮切りに、居た堪《たま》れない空気が辺りを満たしていく。

沈黙のカーテンが下りて、お互いに視線を逸《そ》らしてしまう。

そよ風が木の葉を叩く音だけがする静かな時間を過ごしていると、少女は口火を切った。

「涼太くんって、どんな女の子が好きなの？」

「な、なんでそんなこと聞くんだよ」

「いいから答えて」

「……え、えっと、お姉さんっぽい人、かな」

「それって小宮《こみや》先生みたいな人？」

「……っ。え、ま、まぁそう、かな」

サッと視線を逸らす。

少女は僅かにうつむく。けれど、先ほどまでの悲愴《ひそう》感を拭うと、瞳に決意を宿らせた。

「決めた」

「え？」

「私、もっと大人になるから」

「お、おう。頑張って？」

突然の宣言を前に、どう反応していいかわからず生返事をしてしまう。

彼女は、スカートをはためかせながら立ち上がると、胸の前で両手をギュッと握りしめる。

「あのね、涼太くん……私、これからも涼太くんと一緒にいたい、です」

「なんで敬語？」

「だってその方が大人っぽいかなって」

「そうかな」

「そうだよっ。あ、そうです。で、でね、涼太くんは、私と一緒にいるとからかわれるから嫌かもしれないけど、私はからかわれてもいいから、これまでみたいにずっと涼太くんと一緒に遊びたい、です」

「……ま、まあ俺だって……同じ、気持ち」

真《ま》っ直《す》ぐに気持ちを伝えられる。そこまで直球で来られてしまえば、こちらも正直に胸の内を明かすしかない。

「じゃあ、一緒に神様にお願いして」

「え？」

「私と涼太くんがずっと一緒にいられますように、って」

　賽銭箱を指さして、そんな提案をされる。

「俺、金持ってないけど」

「お金なら、ほら」

　少女はポケットをまさぐると、五百円玉を見せてきた。

　他に小銭はないらしい。

「勿体《もったい》ないよ。それだけあれば、駄菓子いくつ買えると思って」

「お賽銭だから大丈夫なの……なんです。それに、これだけあれば涼太くんのお願いもきっと聞いてくれるはずっ」

「沙由がいいなら別にいいけど」

「はいっ。……あ！」

「どうかしたの？」

「お願い事、口にすると叶《かな》わないっていうの思い出して」

「ああ、そんなルールあったな。お賽銭やめとく？」

「えっ……うーん、あ、決めた。……決めました。別のお願いするから、涼太くんも他のお願い事をして」

「いいけど……てか、その言葉遣いやめたら？」

「やめないもん。や、やめませんっ」

丁寧語は慣れていないのか素《す》が出ている。

ぎこちないなりに、言葉遣いを変えようと努力しているのが感じ取れた。

二人して賽銭箱の前に立つと、少女は胸元に手をかざす。息を整えているらしい。

「投げないの？」

「投げるよ。あ、投げますよ。涼太くんはお願いすること決めましたか？」

「うん」

「じゃあ、一緒に……」

少女の少し冷たい手が触れる。

たかが手が触れているだけ、なのに顔が熱くて仕方がない。

一緒に五百円玉を持って、賽銭箱に放り投げる。

作法なんてよくわからないから、いきなりジャラジャラと鳴る鐘を鳴らす。両手を合わせて、瞑目《めいもく》した。

※

「この前、買い物の帰りに一緒にお参りしたことあったでしょ。あのとき、なんか急に思い出してさ……で、日比谷はあのとき、何をお願いしたのかなって気になってて」

回想を終えて、早速、気になっていたことを訊《たず》ねる。

しかし日比谷は、俺の質問に答えるどころかムッとした表情を浮かべていた。

「昔は涼太くん、私のこと名前で呼んでくれてたんですよね」

「え、あぁ、うん」

「やっぱり私、涼太くんには名前で呼ばれたいです。なんなら、昔みたいに『さーちゃん』でもいいですよ」

「さーちゃんはさすがに……」

「いいじゃないですか、りっくん」

「それはやめて。なんかこう、喉の辺りがムズムズする」

「じゃあ、名前で呼んでください」

「呼ぶと、変な空気になるからな……」

「一緒に乗り越えていきましょう。私もそろそろ耐性がついてきた頃ですし」

耐性とは、って感じだが。名前呼びをご所望のようだ。

結局、中学進学を機に、『日比谷』呼びに移行したからな。思春期も相まって、名前で呼ぶことに強い抵抗感が生まれていた。

けど、日比谷は俺のことを『涼太くん』ってずっと呼んでくれている。彼女の口から、名字で呼ばれたことはない。

ダメだな、俺。コホンと咳払《せきばら》いすると、彼女の目を真剣に見据える。

「沙由」

「……は、はい」

「うっ……やっぱり名字のままじゃ——」

「嫌です。こ、これからは日比谷って呼んでも返事しませんから」

嫌、彼女が明確にそう断言した場合、それは確固たる意志が芽生えている証拠。

見かけにそぐわず頑固な彼女に、言うことを聞かせるのは骨が折れる。もう、名字呼びに逃げる時間は終了かな。そもそも同棲《どうせい》までしておいて、名前呼びに恥ずかしがるのもおかしな話だ。

俺はクスリと自嘲気味に笑みをこぼす。

「どうかしたんですか？」

「いや、恋愛って楽しいなって思って」

「……っ。わ、私もすごく楽しいですよ。涼太くんのこと全部わかっているつもりだったのに、知らないことばっかり、新しい発見ばっかりです」

「うん。あ、でさ、さっきの質問……って、そんな昔のこと普通覚えてないよな」

小学生の頃の記憶など、そう簡単に思い出せるものではない。その上、神社でお参りした際のお願い事の内容など、覚えている方がおかしい。

「いえ、覚えてますよ。私、涼太くんとの思い出は全部、日記にまとめているんです」

「そうなの？」

「はい。時々見返しているのでわかります。私はあのとき、涼太くんに好きになってもらえますように、ってお願いしました」

「……そ、そう……なんだ」

数年越しにドキッとさせられる。

熱が伝染《うつ》ったのかと疑いたくなるくらい、身体《からだ》全身が火照《ほて》り始める。

「涼太くんは、なんてお願いしたんですか？」

「俺は、日比谷が……」

「日比谷？　涼太くん、誰のこと言ってますか」

「さ、沙由が笑顔でいられますように、ってお願いしたと思う」

この前、買い物帰りに神社に寄った際も同じお願いをした。

まぁ、昔の方だけ教える分には問題ないだろう。

日比谷は……沙由はぼわっと湯気が出そうな勢いで赤面すると、頭が全部隠れるくらい深く布団《ふとん》を被《かぶ》る。布団越しのこもった声で。

「……っ。ま、また涼太くんのこと好きになりました！　何年越しにトキメかせるんですか！」

「そ、そっちだって人のこと言えないだろ」

沙由はチラリと目元だけ覗《のぞ》かせると、少し潤んだ瞳で訴えかけてきた。

「ずっと、一緒にいましょうね」

「……うん」

「えへへ、おやすみなさい」

「おやすみ」

安心したようにまぶたを落とす。俺は彼女が眠りにつくまで、そっと頭を撫《な》でてあげる。

……今更だが、さっきのプロポーズを了承したみたいになってないか？

※

「はい。あーん」

数日経過したある日、俺は愛《いと》しの彼女からお粥《かゆ》を食べさせてもらっていた。そう、俺がお粥を食べる側だった。

レンゲで掬《すく》われた水分の多い米は、病人の俺の胃を優しく刺激してくれた。

最後の一口を食べ終えたところで、沙由は俺の頭をよしよしと撫でてくれる。

「な、なに急に」

「ちゃんと完食したご褒美《ほうび》です」

「これでご褒美貰《もら》えるのか……」

「はい。涼太くんは生きてるだけでもご褒美ですから。あと、ごめんなさい。私の風邪を伝染してしまって」

しゅんと表情に陰りを見せて、申し訳なさそうに呟《つぶや》く。

「何回も言ってるけど、沙由のせいじゃないよ。てか、そろそろ学校行く時間だよね？」

「今日は休みの連絡を入れました。涼太くんの看病に時間を割きたいですし」

「でも、それは……」

「いいんです。それに学校行っても、涼太くんのことが心配で気が気じゃないですし、五分置きに涼太くんの容体が大丈夫か連絡しちゃうでしょうから」

沙由の場合、冗談抜きで五分置きに連絡をしてきそうだ。

それでは授業もままならない。意地でも今日のうちに治す必要があるな、これは。

「これ飲んでください」

「……ありがと」

沙由から渡された錠剤を口に含み、水で流し込む。

さすがに即効性はないが、薬を飲んだだけで安心感は強かった。氷枕に頭を預けると、
俺はそのまま瞑目する。

「なにかしてほしいことはありますか？　病人の特権、使っちゃってください。なんでもしますから」

「なんでもとか気軽に言わない方がいいと思う」

結婚を迫られ同棲をする不可思議な展開に巻き込まれている俺が言うのだから、間違いない。

「伝染すとマズいし、沙由は部屋から出た方がいいよ。何かあったら呼ぶからさ」

「嫌です。それに一度は私が罹《かか》ってた風邪です。もう抗体ついてますよ」

沙由の意思は強い。

であれば少しくらい、甘えさせてもらおう。

「じゃあ、俺が寝るまで手を握っててほしい」

「手だけで良いんですか？　添い寝、とか」

「ゴホッ、コホッ……そ、それはやり過ぎだって！」

「私は全然構わないです！」

「俺が構うの」

嘆息混じりに溢《こぼ》すと、俺は布団から右手を覗かせる。

沙由は少し不満そうだったが、素直に俺の手を握ってくれた。

「涼太くん。風邪が治ったらデートに行きましょうね」

「デート？」

「はい。思えばちゃんとデートしてないなって」

「確かに……そう、なるか」

買い物に行ったり、放課後に子供服を選びには行ったけれど、一般的なデートとはいくらか掛け離れている。デートらしいデートはまだしていなかった。

「今度の土曜日とかどうですか？」

「うん。じゃあ、土曜日までには絶対に回復する」

「はい。でも無理はしないでくださいね」

沙由はふわりと微笑《ほほえ》むと、俺の手を両手で固く握りしめてくれる。

「デートか。楽しみだな」

「はいっ。私、楽しみすぎて三時間くらい前から待ち合わせ場所で待機しちゃいそうです」

「なにその無駄すぎる時間。そもそも一緒に住んでるのに待ち合わせも何もないでしょ」

「あ、そうですね。……というかそもそも私たちって、あんまり待ち合わせしませんよね？」

「家が隣だからな、どっちかが家まで迎えに行くだけだし」

十秒あれば着く距離に、お互いの家が存在している。だからどこかに出かける際、現地集合をする必要がなかった。

「幼馴染《おさななじみ》というのも考えものですね。待ち合わせができないわけですから」

「そんなに待ち合わせってしたい？」

「したいです。待ち合わせは待ってる時間が至高ですからね。待たされる時間が長ければ長いほど興奮します」

「性癖が特殊すぎる……」

「でも、涼太くんはそんな私のことが、好き、なんですよね？」

「ここで好きって言うと、俺までヤバい人になりそうなんだけど……」

俺は頬をひくつかせながら、僅かに身を引く。

沙由は小さく首を傾《かし》げると、不安を瞳に宿して聞いてきた。

「じゃあ嫌いなんですか？」

「え、いやそりゃ……」

「ちゃんと言ってほしいです」

「あーもう、好きだよ。好き好き大好きです」

「えへへ。私も涼太くんのこと好きです。大大だーい好き」

俺は頬に朱を差し込むと、沙由から目を逸《そ》らし壁側に身体を向ける。

くそ、言われっぱなしなのはムカつく。俺は沙由の手を握り直すと、反撃の意味合いも込めてボソリとつぶやく。

「俺の方が好きだし……」

「も、もう涼太くんっていきなりデレますよね！」

「デレるってなんだよ。イマイチわかんないんだけど」

「私の方が好きなんですから！」

「は？　俺の方が――って、おい、布団に潜り込むなって！」

「溢《あふ》れる涼太くんへの想《おも》いを発散するには、もうイチャイチャするしかないんです！」

「ちょ、近い……近いって！」

無理矢理、俺のベッドに潜り込んで引っ付いてくる。

甘ったるい鼻腔《びこう》を刺激する香りも、この柔らかい肌の感触も、俺の理性を壊しにかかってくる。俺が本能の赴くままに行動する人間だったら、どうなっていることやら。

俺は沙由に背中を向けながら、身を縮める。彼女は、後ろから俺に抱きつくと背中にコツンと頭を預けてきた。

「涼太くん」

「ん？」

「今、言うのはお門違いだとは思うんですけど……一つ聞いてもいいですか？」

「え、あぁ、いいけど」

さっきまでの明るいトーンから一転。少しだけ落ち着いた声が耳元を掠《かす》める。

その変容に、俺は少し身構えてしまう。

沙由はギュッとシワが寄るくらい俺の服を掴《つか》むと、不安げに、けれどハッキリと問いかけてきた。

「涼太くん、東京の大学に行ったりしませんよね？」

…………。

つい、黙り込んでしまった。

だってそれだけは、彼女に知られたくなかったから。

第八章　早坂《はやさか》涼太《りょうた》は結婚できない

俺には物心つく以前から、すぐ隣に女の子がいた。彼女とは、家族以上に一緒の時間を共有してきた。家でも、学校でも、いつもすぐ近くに彼女がいた。

それが当たり前すぎて、居心地がよくて、ずっと手放したくないくらい大切で。

自分でも気がつかないうちに、彼女の存在は俺の中で大きいものに膨れ上がっていた。

果たしてこの感情が、ただ幼馴染に向けるものなのか……それとも、もっと別の何かなのか、ある日突然、わからなくなるくらいに。

日本語は表現技法が多いくせに、たまに不便だ。『好き』の二文字に限っても、言う相手や状況によって意味がいくつも変わってくる。

俺は、彼女に対して抱く感情の真意をずっと確かめたかった。

けど、俺には確かめるために一歩を踏み出す勇気がなかった。

そんな中、彼女はその一歩を踏み出した。

やり方こそ、一癖も二癖もあったけれど、それでも俺にはできないことをやってみせた。

いつだってそうなんだ。

彼女は、俺にできないことを容易にやってみせる。無鉄砲で、メチャクチャで、一度決めたことには真《ま》っ直《す》ぐで。

それが羨ましくて、大好きで——とても危うい。

彼女は、後先考えずに無理をしてしまう。そのくせ頑固だから、歯止めが利《き》かない。そういう子だから……もの凄《すご》く一途《いちず》な女の子だから。

俺は彼女に一つだけ隠し事をしていた。

それは、東京の大学に進学しようとしていることだ。

一見すると、無理に隠す内容ではない。けどそれは違う。彼女にだけは知られてはいけない。

だって、もし俺が地元を離れて東京の大学を目指していると知れば、彼女は「私も行きます」と言い出すから。大学こそ違えど、進学先を東京という選択肢に狭めかねないから。だから、知られてはいけないのだ。

高校受験のときは間違えてしまった。自分のことばっかりで、彼女が俺に付いてこようとしているなんて考えもしなかった。彼女が体調を崩すまで、嫌いな勉強に明け暮れていることに気づかなかった。彼女の疲れた顔はもう見たくない。

俺という存在が、彼女の人生を振り回してしまうのが嫌で……怖くて……それだけはもう避けたくて。

だから大学の件は隠していた。

けど多分、梨央奈《りおな》の口からポツリと漏れ出たあの瞬間から、この展開は避けられないものだったのだろう。

「涼太《りょうた》くん、東京の大学に行ったりしませんよね？」

俺は小さく吐息を漏らすと、布団《ふとん》を身体《からだ》に寄せる。

背中を彼女に向けながら、平静を装《よそお》って。

「行かないよ。どうしたの急に」

「そう、ですよね。ごめんなさい。早く風邪、治してくださいね」

首を縦に振って瞑目《めいもく》する。

俺は久しぶりに、彼女に嘘《うそ》を吐《つ》いた。

※

風邪が完治して、数日ぶりに学校に登校した。

窓際《まどぎわ》最後尾。一般的に当たりと称される席に荷物を置くと、登校疲れからか俺は小さくため息をこぼしていた。バッグから勉強道具を取り出していると、カツカツと足音が近づいてくる。

「おはよう。涼太」

彼女──和泉《いずみ》梨央奈は青みがかった黒髪をはためかせながら、なぜか不満げに、そして恨めしそうに睨《にら》んでくる。

「おはよ……えっと、どうかした？」

「別に」

「いや、明らかに機嫌悪い気がするけど……」

「なにも心当たりないの？」

前屈《まえかが》みになって、ジッと瞳の奥底を覗《のぞ》き込んでくる。

なんだこの質問。親父《おやじ》が母さんの機嫌を損ねて不穏な空気が流れているときを思い出す。

必死に思考を巡らせてみるが、心当たりがない。

ただ一つわかっているのは、梨央奈は何らかの不満を抱いていて、そしてその原因が俺にあるということだ。

でも昨日も一昨日《おととい》も学校に来てないし……あ、それか。

「俺が学校休んでたから？」

梨央奈はムスッとした雰囲気のまま、コクリと首肯した。

「……連絡くらいしてほしい。心配する」

豆腐すら崩せない柔いパンチを、肩にぶつけてくる。

「ごめん。でもただの風邪だったし……」

「そういう問題じゃない。涼太は言葉が足りない」

「うっ……そう、かな」

「そう。わたしにはなんでも話してほしい」

梨央奈は隣の席に腰を下ろすと、唇を前に尖《とが》らせる。

「なんでも……。でも梨央奈だって、俺に言わなかったことあったよね」

「み……身に覚えがない」

「俺のことを彼氏って――」

「だ、黙って。それを掘り返すのはズルい……」

感情の起伏が小さい梨央奈にしては珍しく、ほんのりと頬を赤らめている。

俺の口元を両手で塞いで、あさっての方を向いていた。

「あ、そうだ。結局、誤解は解けたの？」

「解けたといえば解けたし、解けていないといえば解けていない」

「哲学者みたいなこと言い出した……」

「そもそも、涼太が恋人を作るからややこしくなっている。責任取ってほしい」

「なんだその暴論。責任転嫁《てんか》が尋常じゃないんだけど……」

　ジト目で睨まれて、俺は頬を引き攣《つ》らせる。

「わたしの計算では、涼太に恋人は絶対にできないと仮定していた。ただ、この世に絶対はない……そこを見誤っていた」

「すごく絶妙に俺を傷つけてないかな！」

「でも、安心してほしい。涼太に迷惑は掛けない。多分」

　俺はジトッと薄く開いた目で、睨みを利かせる。

　多分ではなく、それこそ『絶対』と強気な宣言をしてほしいのだが。

「てか、彼氏はいないって正直に伝えればいいだけの話じゃないの？」

「それができるなら、初めから嘘なんか吐いてない」

「だったらいっそ本当に彼氏を作るとか」

　俺は天井を見上げて顎先に指を置きながら、一つ提案してみる。

　梨央奈は容姿端麗で、華奢《きゃしゃ》で、色白で、すごく女の子らしい。

簡単に一言で言い表すなら、美少女——そう呼んで差し支えがない。

現に、教室内で梨央奈と会話しているだけで、俺の元には怨念混じりの視線が次から次へと降ってきている。

梨央奈がその気になれば、彼氏を作ることは容易だろう。今日にだって作れると思う。

「わたしは男が苦手。だから、彼氏なんかほしくない」

「一応、俺も男なんだけど」

「涼太は例外。全然危険を感じない。その気になれば、わたしでも倒せると思う」

「めちゃくちゃ下に見られてるな俺！」

まぁ、俺を異性として見られても困るからいいのだけど。

梨央奈はわずかに目を見開くと、意味もなく両手をすり合わせる。

「ごめん。下に見たつもりはなかった。……涼太は男だけど、すごく話しやすくて居心地がいいの。だから涼太は例外」

「……そ、そうですか」

「どうして目、逸《そ》らすの？」

「わ、わざわざ聞くなよ。そんなこと」

むしろこの状況で、平然と目を合わせ続けられる人間の心境が知りたい。

梨央奈は、何の気なしにこういうことを言ってくるから困る。

「……変な涼太。今日はずっと変」

「は？　ずっと？」

その言葉に引っかかりを覚えて、俺は眉根を寄せる。

梨央奈はあっけらかんとした様子で続けた。

「心ここに在らずって感じがする。なにか悩みがあるなら相談に乗る」

自覚がなかった分、意表を突かれる。俺って、そんなにわかりやすいだろうか。

相談……自分一人で考え込むよりは、よっぽどいいかもしれない。

俺は身体ごと梨央奈に向き直る。

「悩みというか……ずっと胸の中でつっかえていることがあってさ」

そう口火を切ると、梨央奈は膝の上に両手を置いて、聞く姿勢を整えてくれる。

「俺、彼女に嘘を吐いたんだ。でも、別に悪気があるとかじゃなくて。隠しておかないと多分、また同じ道を辿《たど》っちゃうから……だから嘘を吐いたんだけど、でも、それがずっと引っかかってて――」

「なんだ……思っていた以上に、ちゃちな悩みだった。心配して損した」

「え？」

梨央奈は呆《あき》れたように嘆息する。

「わたし、さっきも言った」

少し前のめりになって、物理的に距離を詰めてくる。

「涼太は言葉が足りない。嘘の内容は知らないけど、悪気がないならちゃんと話せばいい」

……話す、か。一番単純な方法だけど、実践していなかった。隠し通すことが正解だと思い込んでいた。

「でも話して納得してもらえるかな」

「それはわたしに聞かれてもわからない。ただ」

「ただ？」

「それで解決しないなら、そのときはわたしが別の方法を考えてあげる」

「……そっか、頼りになるな」

「うん。わたしは有能」

「だな。ありがと、俺、ちゃんと話してみるよ」

梨央奈はうっすらと微笑を湛《たた》えると、椅子から腰を上げて俺の背後に回る。勇気づけるかのように、そっと頭を撫《な》で始めた。

「まったく、涼太は世話が焼ける」

「な、なんだよ……」

「また寝癖ついてたから」

「え、あれ……直したはずなんだけどな」

「直してあげるからジッとしてて」

「うん」

梨央奈が俺の寝癖を整えてくれる。

慣れた手つきで、何度も手ぐしで梳《す》くと、満足したように吐息をこぼした。

「じゃあ、わたしは戻る。…………あ」

梨央奈は自席に戻ろうとするも、何かを思い出したのかはたと足を止める。

振り返って、ピンと人差し指を突きつけてきた。

「恋愛もいいけど、勉強もちゃんとしないとダメ。わかってる？」

「わかってるよ。ちゃんと両立させる」

「ん。ならいい。じゃ、またね」

「また」

梨央奈は踵《きびす》を返すと、今度こそ自席に戻っていく。

そんな彼女の後ろ姿を目で追う。胸のつっかえはいつの間にか軽くなっていた。

※

放課後を迎え一目散に帰宅すると、玄関にはすでに沙由《さゆ》の靴が置かれていた。

リビングを覗いてみる。けれど、沙由の姿は発見できなかった。部屋にいるのかな。

俺は荷物を置きに、二階へと向かう。

自室のドアを四分の一ほど開ける。すると、中から物音が聞こえてきた。

「なに、してるの？」

「……っ。りょ、涼太くん……」

扉を全開にして、問いかける。

沙由は俺と目が合うと、情緒なくパタパタと身体《からだ》を動かす。手に持っていた資料を後ろに隠した。

「お、おかえりなさい。きょ、今日は早めの帰宅ですね」

「沙由と話したいことあってさ。沙由はどうして俺の部屋にいるの？」

「……え、えっと……そう……涼太くんの部屋に忘れ物をしてしまって」

「後ろに持ってるのなに？」

「こ、これは………ごめんなさい。私、どうしても気になって……」

隠し通すのは無理だと悟ったのか、後ろ手に持っていたものを開示する。大学の資料に、俺のノート。これら全てに目を通せば、俺が目指している進学先は容易に判明するだろう。

俺は荷物を脇に置くと、ベッドに腰を下ろす。

シーツを引き伸ばして、沙由が座れるスペースを作った。

「ちょっと座って話そ」

「はい」

沙由は神妙な面持ちで、俺の隣にやってくる。

いつもは肩がぶつかる距離に迫ってくるが、今はいくらか隙間が生まれていた。

俺は乱雑に頭を掻《か》くと、自嘲気味に口を開いた。

「ダメだな、俺」

「だ、ダメなんかじゃないですよ、涼太くんは」

沙由が慌てふためきながら、俺の発言を否定してくれる。

「ううん。ダメダメだよ俺。沙由には嘘《うそ》を吐《つ》きたくないんだ、なのに俺……ホント、なにしてんだろうな」

昔、エイプリルフールに嘘を吐いたことがあった。

明日、隕石《いんせき》が落ちて地球が滅ぶ、そんな誰にでも判別が付くくだらない嘘を吐いたのだ。けど、沙由はそれを疑わなかった。「りっくんが死んじゃ嫌」って、とにかく泣きじゃくって、俺からくっついて離れてくれなくて、嘘って何回説明しても納得してくれなかった。

あの件があったから、俺は沙由にだけは嘘を吐かないようにしようって胸に誓った。

「もう、わかってると思うけど、俺、沙由に隠してたことがあるんだ」

重々しく、胸の奥から引っ張り出すように、告げる。

そのいつもの何気ない会話とは異なる、異質とも呼べる雰囲気を前に、沙由は居住まいを正す。何も返事はしてこない。黙って、俺の言葉に耳を貸してくれる。

「まだちょっと先だけど、俺、東京の大学に進学しようと思ってる。親にも話してて、進学したら一人暮らしする予定」

「……じゃ、じゃあ私も」

「待って。そうなるのが怖かったんだ。だから、沙由には隠してた」

沙由は僅かに目を見開くと、スカートをギュッと握りしめる。

「私は、涼太くんの傍《そば》にいたいです。高校が違うだけでもホントはすごく辛《つら》くて、不安で。私はズルいから、涼太くんを誰かに取られたくない、独占したいんです。でも、遠くに行っちゃったら私の手じゃどうにもできない、から。だから――」

込み上げる感情を抑え込みながら、沙由は真剣に想《おも》いをぶつけてくる。

「俺だってずっと一緒にいたいって思ってるよ」

「だったら！」

憂いを帯びた瞳を覗《のぞ》かせる沙由。

そんな彼女の声を遮り、俺は無遠慮に続けた。

「いきなり突飛なことを言い出して、いつも俺のことを振り回す沙由が好きだよ。沙由と一緒にいると退屈しないし、一番自分らしくいられる気がするから」

「涼太くん……」

「だけど、俺に振り回される沙由は見たくない」

「だったら、ずっと私の傍にいてください。ここからだって通える大学はいくらでもあります。同じ大学に行けなくても、涼太くんがこの家にいてくれるなら私は」

今にもこぼれ落ちそうなほど、目尻に涙を溜《た》め込む。

俺の手を固く握って、離してくれない。

「ちょっと話逸れるけどいい？」

「はい」

「昔、沙由すごく身体が弱くて何かある度に身体壊してて……子供ながらにすごく不安だった」

「不安、ですか？」

「うん。いつか、沙由が死んじゃうんじゃないかって。馬鹿みたいだけど、本気で不安でさ……すごく、怖かった」

沙由との時間が当たり前すぎたから、彼女が病気で寝込む度に良くない想像が脳裏をよぎった。失いたくないから、沙由とずっと一緒にいたいと心の底から思っていたから。

「だから俺、医者になりたいんだ。沙由がいつ体調崩しても大丈夫なように、何があっても守ってあげられるように。俺が勉強頑張ってるのもそれが理由」

「……っ。知りませんでした。そんなこと……」

「秘密にしててごめんね」

「いえ、私の方こそ、ごめんなさい。私、すごく勝手なこと言いました。涼太くんがそこまで明確に将来を決めているって思ってなくて」

俺は首を横に振る。悪いのは俺の方だ。言葉が足りない。勝手に自分の中で決めて、それを打ち明ける努力をしなかった。隠すことが最善だと決めつけて、逃げていた。

俺は沙由の手を握りしめる。

「で、それでさ、俺はもう、同じ轍《てつ》を踏みたくないんだ」

「どういう、ことですか？」

「俺が東京に行くってなれば、沙由もついてこようとする。高校受験のときみたいに、俺の決めた選択に沙由を巻き込みたくない」

俺の選択が、沙由の人生における岐路を決めるのだけは、もう避けたい。

その意思を包み隠さず口にして、想いを伝える。

沙由は俺の手を握り返すと、困ったように笑みをこぼした。

「涼太くんは誤解してます」

「誤解？」

「私は涼太くんみたいに、先のことを考えられません。だから、そのときその瞬間に一番したいことをしています。中学のときは、涼太くんと一緒の高校に行きたいって思ったから同じ高校を受験したんです。落ちちゃいましたけど、その選択に後悔はしてませんし、涼太くんに振り回されているなんて思ったことはないです」

「でも結局、俺が沙由の選択肢を決めているのと変わらないよ。俺が別の高校受験してたら、そこを受験してたってことだし」

「それを言ったら涼太くんも同じじゃないですか。私が病弱だったから、医者になろうって思ったんですよね？」

「そうだけど……それとこれとは別問題だろ。俺のはあくまでキッカケみたいなものだし」

「私にはその違いがよくわかりません」

ぷっくらと頬を膨らませて、唇を前に尖《とが》らせてくる。

この違いを明確にするのは、俺自身難しいところだ。確かに、沙由の存在がなければ俺は医者を目標にはしなかったと思う。だとすれば、沙由が俺の人生に多大な影響を与えていることには違いない。

ただ、一つ確定的に言えるのは……。

「なら言い方を変える。俺は沙由に振り回されていい。でも、沙由が俺に振り回されてボロボロになるのは嫌なんだよ」

「そんなのズルいです。そもそも涼太くんがいけないんですよ？　いつも、いつもいつも、私を心配させるから」

沙由は潤んだ瞳で俺を捉えると、前のめりになって顔を近づけてくる。

「……どうしたら、安心してくれる？」

「涼太くんが私以外の女の子に興味がないって証明してくれれば」

「それ、どう証明すればいいの……」

「それは涼太くんが考えてください」

そう言われてもな……。

証明しようにも証明する手段が思いつかない。どうしたものやら。

俺は逡巡《しゅんじゅん》を巡らすと、一度瞑目《めいもく》して覚悟を決める。

沙由が常に俺の傍にいようとするのは、俺が彼女に心配を覚えさせているからだ。果たして、ここで一歩を踏み出すことが安心に繋《つな》がるのかは計り知れないけれど。

俺は一呼吸置いて、沙由を真正面から見据える。

「じゃあ、目、瞑《つぶ》って」

沙由は一瞬動揺を瞳に走らせるも、俺の指示に従ってまぶたを落とす。無防備な顔面を差し出してきた。

以前にも、似た状態になったことがある。あのときは、美咲《みさき》が帰ってきて有耶無耶《うやむや》になったが……。

今回はもう、不完全燃焼で終わらせたりはしない。

沙由の肩に両手を置く。徐々に身体を近づけていった。

僅かに吐息が乱れ、心拍が経験したこともない速度で跳ね上がっているのがわかる。

それでも臆することはしない。

残り数センチの距離に迫る。

経験がないから、どうしたってスムーズにはいかない。身体《からだ》が鉛のように重たくなって、この数センチを縮めるのを躊躇《ちゅうちょ》させてくる。

俺は彼女みたいに、自分の気持ちをぶつけるのが得意じゃない。そのくせ、行動に移すのも苦手なヘタレだ。

だから、心配させてしまう。

だから、勇気を出して、一歩を踏み出さなきゃいけないんだと思う。

緊張からか、手が震える。沙由の身体も震えているのが感じ取れた。

幼い頃から知っている女の子。彼女に対して緊張を覚えることなんて、ないと思っていた。でも違うな。俺にとって、沙由はもうただの幼馴染《おさななじみ》じゃない。人生で初めてできた彼女。そりゃ、ドキドキするし、緊張だって覚える。

これから先も、ずっと彼女と一緒にいたいと思うから……俺は身体を奮い立たせると、一気に距離を詰めた。

「好きだよ。沙由」

「……っ。りょ、涼太く――」

パッと目を開いて、瞬《また》く間に熱を帯びていく沙由。

そんな彼女の唇を――俺は一瞬の隙をついて奪った。

沙由は声を堰《せ》き止めて、大きく肩を跳ねる。

緊張や動揺から凝り固まった唇が、徐々に弛緩《しかん》していく。

不慣れな接触を慈《いつく》しみながら、長いのか短いのかもわからない口付けを交わす。

ずっと、こうしていたい。けど、それは物理的に不可能だった。呼吸のために離れる。

「……はっ……はぁ」

「……っ。……ぷはっ」

お互いに息が絶え絶えになって、すっかり頬が上気している。

沙由に至っては、恍惚《こうこつ》とした表情を浮かべていた。

しばらく何も言わず、けれど視線を逸《そ》らすのはなんだか憚《はばか》られて……しっかりと目を合わせたまま、体温を上昇させていく。

「……す、少しは安心した？」

「…………」

何も言わず、沙由はコクリと首を縦に下ろす。

普段、グイグイ来るくせに、こうウブな反応を見せてくるのは高低差が凄《すご》すぎる。

静まり返った室内。どちらからともなく手を重ねて、口を噤《つぐ》む。

沙由は俺の肩に身を寄せると、囁《ささや》くように口火を切った。

「私……夢があるんです」

「夢？」

オウム返しに聞き返すと、沙由は微笑を湛《たた》えた。

「涼太くんのお嫁さんになることです」

「……っ」

「だから、正直大学とか……私にはよくわかりません。涼太くんと一緒にいられれば、私はどんな道を辿《たど》ったとしても大勝利なんです。だから、涼太くんに付いていったらダメですか……？　遠恋《えんれん》なんて嫌です」

俺は困ったように笑みを溢《こぼ》すと、ポリポリと乱雑に頭を掻《か》く。

「ズルいよ。そんなこと言われたら、俺、沙由と結婚するしかないじゃん」

「ふふっ……そうですよ。知りませんでした？　私は、凄くワガママで物凄くズルいんです。私と結婚してください、涼太くん」

もう何度目にもなる求婚を受ける。

ここまで一途《いちず》に想ってくれて、結婚を迫ってくる子は他にいるのだろうか。

これから先の未来は未知数とはいえ、沙由以外の人は選べない気がする。ただ、だからこそ……彼女のことが大切だからこそ、何一つ為《な》しえていない俺には分不相応だ。今の俺には、結婚はできない。

「結婚は無理」

「涼太くんも大概頑固ですよね」

「そうだよ。だから進路も、俺についていくみたいなフワフワした理由は認めない」

「別に認めてもらわなくたっていいです」

プイッとそっぽを向く沙由。

俺はそんな彼女の後頭部に手を回すと、強引に引き寄せて目を合わせる。

「たまには俺の言うことも聞いて」

「りょ、涼太くん……」

「ちゃんと考えて進路を選ぶって約束して。俺のことは抜きにして、真剣に考えてほしい」

真正面から俺の本心をぶつける。

「……わ、わかりましたよ。考えます……。でも、考えた上で東京にある大学を選ぶかもしれませんから」

「沙由がちゃんと考えた上での選択なら、俺は尊重する。ただ、俺の傍《そば》にいたいからみたいな、そんな理由で決めないでほしい。東京以外にも大学はいっぱいあるし」

「……はい」

沙由はポツリと漏らすと、真っ赤な顔を隠すように俯いた。

暖房でも効いているのかと錯覚するような、熱した室内にて。

沈黙の檻《おり》を最初に破ったのは沙由だった。俺の制服の袖をクイクイと引っ張ってくる。

「あの、涼太くん……」

「ん？」

「私、恐ろしいことに気がつきました」

「恐ろしいこと？」

ベッドの上でぺたんと座り込み、憂いを帯びた瞳を覗《のぞ》かせる。

「お医者さんを目指すということは、医学部に進むんですよね」

「うん。それがなにか問題あるの？」

「大問題ですよ。涼太くんを狙う女の子が激増しちゃうじゃないですか」

「そうはならないと思うけど」

「なりますっ。……涼太くんと結婚して、他の女の子が手を出せないようにしないと！」

涙目になりながら、強い意志を宿す沙由。

医学部というステータスが、恋愛において優位に働く側面があるのは否定しない。ただ、それだけでモテるのなら誰も苦労しないだろうし、みんな必死こいて勉強することだろう。

大体、沙由は一つ大きな思い違いをしている。俺は沙由の頭にポンと手を置く。

「沙由はもう少し俯瞰《ふかん》して物事を見た方がいいと思う」

「え？」

「こんなに可愛《かわい》い彼女がいるのに、他の女の子に興味なんて湧かないから」

沙由は桜色に頬を染めると、俺の方ににじり寄ってくる。そのままノールックで抱きついてきた。

この場には俺たち以外に誰もいない。けれど、彼女は俺の耳元に寄って、俺にしか聞こえない声量で告げた。

「その言葉、信じていいですか？」

「うん。信じてほしい」

「絶対、私のことだけ見ててください。涼太くんを、誰にも渡したくありません」

「俺も……。沙由を誰にも渡したくない」

沙由は俺から少し身体を離すと、三十センチにも満たない距離で目を合わせてくる。彼女がまぶたを閉じたのを合図に、溶け込むように唇を重ねた。

エピローグ

沙由《さゆ》との交際が始まってから二週間。

付き合い始めて即同棲《どうせい》という通常では考えられない展開を繰り広げておきながら、俺と沙由はまともにデートをしていなかった。

そして土曜日を迎えた今日。

風邪で寝込んだ日に約束した通り、俺たちはデートをしていた。

「私、憧れだったんです。彼氏とお揃《そろ》いのアクセサリーをつけるの」

現在、時刻は十四時を過ぎたあたり。

巨大ショッピングモールにあるジュエリーショップにて。

沙由はカップル用のペアリングを恍惚とした表情で眺めながら、嬉《うれ》しそうにはにかんでいる。

「結構、値が張るんだな……」

俺は値札を一瞥《いちべつ》して、わずかに頬を歪《ゆが》ませた。

「そうですね。ピンキリではあるんですけど、初めて涼太《りょうた》くんとお揃いで買うなら少し奮発したいなって。一応これでも学生向けのリーズナブルな値段なんですよ?」

「そうなのか。知らない世界だ……」

洋服にすら頓着のない俺である。

アクセサリーをまともに身に着けたことがないし、値段の相場もわからない。

「涼太くんはどれがいいですか?　定番は指輪みたいですけど、ネックレスとかブレスレットとか」

「そう、だな……」

沙由に促されて、カップル用のペアアクセを順番に見ていく。

ネックレスは少し障壁がある。指輪……いや、ブレスレットの方が目立たないか。

顎先に手を置いて熟慮していると、沙由がツンツンと肩を小突いてきた。

「私とお揃いのアクセサリーを付けるのは恥ずかしいですか?」

心配そうに俺の瞳を覗き込んでくる。

「え、そんなこと思ってない。どうして?」

「だって、極力人目につかないものを選ぼうとしてるじゃないですか。独り言、出てました」

胸の内で考えていたことが漏れていたらしい。

「いや違うよ。アクセサリーを付けたことないから、ちょっとハードル高くてさ……。沙由とお揃いが嫌なわけじゃないから」

「あ、そういうことですか」

沙由は胸元に手を置いて、ホッと安堵《あんど》の息を吐くと。

「それならこのペアリングにしませんか。私、指輪はまだ付けたことないんです。涼太くんと同じ初めてです」

「じゃあそうするか」

ショーケース越しにペアリングを眺めていると、三十代くらいの気品のある店員さんがこちらにやってきた。

「試着してみますか？」

俺たちの会話を聞いていたのか、気の利《き》いた提案をしてくれる。

沙由は愛想《あいそ》よく笑みを作ると、即答した。

「はい、お願いしますっ」

店員さんはショーケースからシルバーのペアリングを取り出す。

どことなく緊張を覚えていると、沙由が左手を差し出してきた。俺に付けてほしいらしい。

　女性用の指輪を丁重に摘まみ上げると、沙由の左手に触れる。

　こういうのってどの指に入れるのが正解なんだろうか。恋愛知識の少なさが恨めしい。

「ここですよ、ここ」

　俺が逡巡《しゅんじゅん》しているのを確認して、沙由が薬指をピクピクと上下に動かす。唯一、そこだけはないと選択肢から除外していた場所だった。

「そ、それは違くないかな」

「別に問題ないですよね？」

　俺が渋った表情を浮かべると、沙由が店員さんに問いかける。

「はい。そういったカップルの方もいらっしゃいますよ」

　大人の気品を窺《うかが》わせる口調でニコリと微笑《ほほえ》み、肯定的な発言をする店員さん。左手の薬指といえば、結婚指輪を嵌《は》める場所だ。

　童貞臭い考え方だとは思うのだけど。

「でも俺、そこに嵌めるのはちゃんとしたものあげたいから……。いや、これがちゃんとしてないって訳じゃないいんだけど」

「りょ、涼太くん……」

恍惚《こうこつ》と俺を見つめ、桜色に頰を染める沙由。

店員さんの額に、ピキッと青筋が立った。

「お、お客様はご結婚を考えていらっしゃるのですか？」

「あ、いや、全然、そんなことはないんですけど」

「なに言ってるんですか涼太くん。私たちは結婚を前提としたお付き合いをしてるじゃないですか！」

「そ、そうだけど……」

ふくれっ面《つら》を浮かべて、恨めしそうに洋服の袖を摑《つか》んでくる。

店員さんは瞳からハイライトを消して、ヒクヒクと頰を疼《うず》かせた。

「い、今時の学生さんは進んでいらっしゃるんですねぇ……」

この人、仕事中とは思えない顔色してるんだけど……。負の感情が全身から滲《にじ》み出ちゃってるんだけど……。

あまりこの話題を掘り下げない方がいい気がした俺は、沙由の右手をすくい上げた。

「えっと、まぁとにかく今はここで」

「……っ。はい……」

右手の薬指に指輪を嵌めると、沙由は身をすくめて大人しくなる。

「ちょっとサイズ大きいかな」

「そう、ですね。少し余裕があるかもです」

すっかり意気消沈していた店員さんは、その発言を機に再び営業モードに移行する。

「それでしたら、サイズを調整させていただきます。そちらの商品のご購入でよろしいですか？」

「はい。いいですよね？　涼太くん」

沙由に同意を求められて、俺はコクリと頷《うなず》く。

「ありがとうございます。刻印はどうされますか？」

「刻印、ですか？」

俺は眉根を寄せると小首を傾《かし》げる。

「はい。記念日であったり、お二人の名前のイニシャルをリングに刻印するサービスです」

そんなサービスがあるのか。であれば、乗らない手はない。

「じゃあお願いします」

※

その後、指のサイズを測り、刻印の内容を指定して買い物を済ませた。

出来上がるのは二週間後になるらしい。すぐに受け取れると思っていた俺の知識力のなさが疎《うと》ましい。

ジュエリーショップを後にして、一階へと向かう道中。

沙由は人目も憚《はばか》らず、俺の腕に絡《から》んできた。休日で、人気《ひとけ》の多いショッピングモール内。殺気だった刺々《とげとげ》しい視線が痛い。何度経験しても慣れないな……。

「完成するのが楽しみですね、涼太くん」

「そうだな。てか、最後に店員さんとなにか話してたけど、あれなんだったの？」

「刻印の内容を追加してもらったんです」

刻印はお互いの名前のイニシャルと付き合い始めた日を指定した。他に追加する内容あったかな。

「なにを追加したの？」

「メッセージです。ペアリングが手元に届いたらわかると思います」

「気になるんだけど」

「二週間後にわかりますって」

「せめてヒントとか」

「私が涼太くんに対して思ってることですよ」

「……結婚したいとか？」

「近いですけど、違います。届くまで楽しみにしててください」

沙由は柔和《にゅうわ》な笑みを浮かべると、身を寄せてくる。

指輪が届くまでお預けか。二週間後が待ち遠しい。

と、刻印の内容に対する興味を募らせているときだった。

「涼太？」

突然、俺を呼び止める声がした。

振り返ると、まず目に入ったのは青みがかった腰まで届く長い黒髪。

若干、右目は前髪に隠れていて、ダボッとしたスウェット姿だった。

「梨央奈《りおな》。こんなとこでなにしてるんだよ」

「買い物。涼太は？」

梨央奈は本屋で買ったであろう参考書を見せてくる。

「俺は……」

「デートしているんです」

デート、と口にするのがこそばゆくて言い淀《よど》んでいると、すかさず沙由が俺の声に被《かぶ》せてきた。友人にデートを目撃されるのって、意外と気まずいな。

「デート……なるほど。涼太、ちょっとこっち来て」

「え、ああ」

梨央奈がひょいひょいと手招きしてくる。

促されるがまま梨央奈の傍《そば》に行くと、彼女はそっと耳打ちしてきた。

「涼太、そこ跳ねてる。デートのときくらい、くせっ毛のこと気にした方がいい」

「あれ、あ、ホントだ……てか、時間経過でどうしても跳ねるんだよな」

家を出る前は整っていても、時間が経《た》つにつれて重力を無視し始めてしまう。サラサラのストレートヘアが羨ましい……。

「やってあげるから、ジッとしてて」

「ん、悪いな」

「いつものこと」

「お手数かけます」

梨央奈が俺の頭めがけて手を伸ばすと、いつものように髪の毛を梳《す》いてくれる。

途端、沙由は俺の腕を痛いくらいの勢いで摑むと、思いっきり引っ張ってきた。

「な、なにしてるんですか！」

「涼太の髪の毛を直してあげてるだけ」

「い、いやいや、涼太くんとは友達なんですよね？」

「……？　うん」

沙由は愕然《がくぜん》とした表情を見せると、キュッと唇を引き締める。

「涼太くんとは適切な距離感でお願いしたいです……」

「適切な距離は維持してると思う」

「私にはそう見えませんっ」

「そもそもこれはやむを得ないこと。涼太の寝ぐせを見てると直したくなる。この衝動は抑えられそうにない」

「変わってますね。むしろ、涼太くんは寝ぐせが付いてた方が可愛《かわい》いと思いますけど」

「沙由の方が変わってる」

「そうですか？」

沙由は柳眉《りゅうび》を中央に寄せると、きょとんとした表情で小首を傾げる。

俺のくせっ毛の話を間近でされる居心地の悪さがすごい……。

梨央奈は右手を上げると、チラリと俺に視線を配ってきた。

「じゃ、わたしは帰る。お幸せに」

「あ、おう、またな」

スタスタと出口目指して歩を進めていく梨央奈。

沙由は梨央奈の後ろ姿を目で追いながら、肩を竦《すく》ませて唇を前に尖《とが》らせる。

「私、自分で思っている以上に独占欲が強い気がします」

「だから、涼太くんが他の女の子に触れられたりするのは嫌です」

「……？　うん」

「……ご、ごめん」

恋人がいる、その自覚が欠如していた。

梨央奈が俺の寝ぐせを整えてくれるのは、いつの間にか定常化していた。ただ、彼女ができた今、気軽に異性と接触するのは配慮が欠けている。

逆の立場だったら、胸の内にモヤモヤができていたはずだ。

恋愛経験の少なさを言い訳に使うのは卑怯《ひきょう》かもしれないが、恋愛において俺自身を俯《ふ》瞰《かん》的に見る能力が足りていなかった。これからは一段と気をつけないとな。

「いえ、私の方こそ少しワガママですね。涼太くんを束縛したいわけじゃないんです」

「ううん。沙由が嫌なことはしないよう気をつける」

「ありがとうございます。えへへっ」

「……っ。ちょ、近いって」

沙由はもはや抱き着く勢いで俺との距離を詰めてくる。……同じシャンプー使ってるはずなのに、どうしてこんないい匂いするんだろう。

「キスまでしたのに、涼太くんは照れすぎだと思います」

「そ、そういう問題じゃありません」

「でも、あれから涼太くん全然キスしてくれませんよね。私、待ってるのに」

「……そ、それはほら、タイミングを考えていると言うか」

「私はいつでも準備万端ですよ」

沙由は「ん」と顎を前に出して、キスされる準備を整える。

それなりに人が行き交う場所だというのに、この行動は大胆にも程がある……。

「し、しないからね」

「いつならしてくれるんですか？」

「……えっと、デートの終わり、とか？」

「あ、言いましたね。私、楽しみにしてますから」

ポロリと漏らすと、沙由は口先に人差し指を持ってきて、ふわりと微笑《ほほえ》む。

マズイ。退路が塞がれた。俺はあさっての方に視線を逸《そ》らすと、速やかに話題を転換する。

「て、てか、さっさとコレ引きにいこう」

ショッピングモールの一階。その中央の一角に、福引会場が開設されている。

期間中に買い物をすると、五千円ごとに福引券がもらえる仕組みだ。ついさっき高めの買い物をしたため、俺の手元には福引券が五枚あった。

「そうですね。あ、一等だと旅行券が貰《もら》えるみたいですよっ」

「へぇ……まぁ、無難に商品券が当たれば御の字か」

景品はそれなりに豪華だ。とはいえ、狙うは五等の商品券三千円分だろう。この辺りなら当たる可能性は十分にある。

「夢がないですね。温泉ですよ温泉」

「俺は温泉よりも、商品券の方が惹《ひ》かれるけどな」

「そうですか？　私は涼太くんと一緒に温泉に入って思い出を作りたいです」

「ごほっ、こほっ。な、なに言ってんだよ！」

沙由の大胆な発言を受けて、つい咳《せ》き込んでしまう。

「ダメですか？　付き合ってるのに」

「つ、付き合ってればいいって問題じゃありません。ったく」

俺は小さく吐息をこぼして平静を取り戻すと、福引会場へと向かう。

幸いにも並んでいる人は少なく、すぐに順番が来た。ガラガラと音が鳴る抽選機の前に立つと、さっきもらった福引券を店員さんに手渡す。

「五枚ですね。では、ゆっくり回してください」

沙由は半歩下がると、グッと胸の前で両手を握り締める。

「頑張ってください、涼太くんっ」

「おう」

沙由の期待を一身に受け止め、俺は抽選機の持ち手を摑《つか》む。時計回りに回していく。

白、白、白、白。

しかし結果は無惨《むざん》なものだった。

四回連続の末等。想定していたことだが、末等が続くとテンションが下がるな。これホントに当たり入ってるのか？

沙由の手前、良いところを見せたいのだけど……と、持ち手を摑む手を強めたそのときだった。

「……美咲《みさき》？」

「あ、お兄――っと、……はぁ」

「私の顔を見て、ため息を吐《つ》くのやめてもらえますか？」

ちょうど近くを通り掛かったのは、妹の美咲。彼女はわざとらしく吐息すると、細めのツインテールを揺らしながら、とてとてと俺の元に駆け寄ってくる。

「うわ、全部外してるじゃん。お兄、運なさすぎでしょ」

四回連続で末等を引き当てている惨状を見て、美咲は呆《あき》れたように告げる。

「うっ……お前なら当てられるってのかよ」

「お兄、わたしの運がバグってるの忘れたの？　まだ一回引けるんだよね？」

「引けるけど」

「じゃあ代わって」

美咲がしっしっと俺を追い払い、抽選機の前に立つ。

さっと軽く抽選機を回す。どうせ見慣れた白い玉が出る――そう思った矢先、コロンと音を立てて出てきたのは。

「お、おめでとうございますっ。一等の温泉旅行券です！」

黄金色に輝く一際《ひときわ》豪華な玉。係員さんは、すぐさま手近の鈴を持ってカランカランと小気味のいい音を鳴らす。周囲に居合わせた人が、ワッとざわめいていた。

美咲は煌《きら》びやかに装飾された封筒を受け取ると、「はいこれ」と俺に手渡してくる。

「ま、まじか……」

俺は唖然《あぜん》とその場で立ち尽くすしかなかった。

美咲は、宝くじを一口買っただけで億万長者になった実績があるし、それ以外にも何かと運には恵まれている。だが、ちょっと恵まれすぎだ。神の寵愛《ちょうあい》を受けているとしか思えない。

「これ、温泉旅行だよね。ま……お兄がどうしてもって言うならわたしが一緒に行ってあげてもいいけど」

美咲はツンツンと両手の人差し指を付けたり離したりしながら、チラリと視線を送ってくる。

と、俺の隣に立つ沙由の目の色が変わった。

「も、もしかして、涼太くんと温泉旅行に行けるってことですか⁉」

「は？　なに寝ぼけたこと言ってんの。わたしが当てたんだけど」

「美咲ちゃんこそ、福引券は私と涼太くんが手に入れたものなんですが」

「お兄が引いてたら普通に末等だったんだけど」

「そんなことありません。良いとこ取りしただけで、涼太くんが引いても一等が出たと思います！」

「わたしが引いたから出たの！」

バチバチと火花を散らし始める二人。

「こ、こんなとこで喧嘩《けんか》始めるなって」

「ふん、あの人が突っかかってくるから」

「その言葉そっくりそのまま返します」

相変わらずの険悪な空気に辟易《へきえき》としていると、俺は景品の温泉旅行の詳細を今一度確認する。

「いや、これ四人まで平気みたいだ。無理に争わなくてもみんなで行けるよ」

そう告げると、沙由と美咲はお互いの顔を指で差し合って。

「「この人（美咲ちゃん）と一緒だけは嫌（です）！」」

見事なハモリ方だった。息の合い方が半端《はんぱ》じゃない。

せっかく温泉旅行が当たって、四人まで参加可能なのだ。平和的に解決できそうなものだけれど。

しかし、この空気では平和的解決は望めない。

「お兄、わたしと行くよね。残りの二枠は安心してよ。わたしの可愛い友達連れてくるから」

「なにふざけたこと言ってるんですか。涼太くんは私と二人きりで行くんです。邪魔者がいたら満足にイチャイチャできないじゃないですか」

「……じゃ、じゃあいっそ売るかこれ。いくらかお金にはなるだろ」

「「それはない（です）！」」

喧嘩の火種になるくらいなら、手放した方がいいと思うのだが、早々に却下される。俺が重たく頭を抱えていると、沙由と美咲が俺の服の袖をクイクイと引っ張ってきた。

「私と行きますよね、温泉旅行」

「わたしでしょ、お兄」

「い、一緒に行けばよくないかな……せっかく四人分あるんだから」

「それだと楽しい旅行が台無しになるじゃないですか」

「それわたしの台詞《せりふ》なんだけど！」

いがみ合う二人を前に嘆息する。一体、どうすればいいのだろう。

俺が頭を悩ませていると、沙由は閃《ひらめ》いたと言わんばかりに目を見開く。右ポケットからある物を取り出して、俺に迫ってきた。

「私と一緒に温泉旅行に行ってください」

「え……ちょ、なんでそれ」

俺はじんわりと全身から汗を滲《にじ》ませながら、彼女の手元にあるものを注視する。

そこにあったのは、俺が昔あげた『なんでも言うコト聞く券』。

このタイミングで再び登場すると思わず、俺は呆気《あっけ》に取られてしまう。

「せっかく温泉旅行に行けるチャンスなんですよ？　なのに、美咲ちゃんが邪魔をするので、この際、強攻策に出ようかと」

「ず、ズルくないかな……」

「えへへ。涼太くん、一緒に温泉に入りましょうね？」

「ばっ、は、入るわけないだろ！」

俺が全力で咆哮《ほうこう》する中、美咲が会話の中に割り込んでくる。

「その紙切れなに？」

「内緒です」

「ふーん。てか、ヘタレのお兄が一緒に温泉なんか入るわけないじゃん」

「してくれますよね？　涼太くん」

沙由はヒマワリみたいな笑顔を咲かせて、パンと両手を合わせる。

右手に握らされた『なんでも言うコト聞く券』を一瞥《いちべつ》して、俺は頭を抱えた。

「む、無理だからね？　さすがに」

「残念ながら、涼太くんに拒否権はないんです。私の言うこと聞いてくださいっ」

俺は頬を斜めに引き攣《つ》らせると、深々と頭を抱える。

……まったく、昔の俺はなんという代物をプレゼントしているのだろう。

彼女に振り回される日々は当分、もしかすれば一生続きそうだ。でも、俺はそれが嫌じゃない。我ながら、随分と沙由に毒されたものだと思う。

願わくば、こんな日がずっと続けばいいなと期待しつつ、それはそれとして、これからの展開に不安を募らせる俺なのだった。

あとがき

はじめまして。朝陽千早《あさひちはや》と申します。

Ｗｅｂから応援してくださっている方は、いつもお世話になっております。ヨルノソラです。

この度は本書を手に取ってくださり、誠にありがとうございます。

Ｗｅｂ版を知らない方がほとんどだと思いますので、少しばかり説明をば。

本作はカクヨム様にて連載しているモノを、書籍化用にブラッシュアップしたものになります。既にＷｅｂ版を読んでくださっている方は分かるかと思いますが、本書は書き下ろしと加筆がてんこ盛りです。お時間ありましたら、ぜひＷｅｂ版と読み比べてみてください。

さて、本書を手に取ってくださった方の多くは、表紙に心を奪われ興味を持ってくださったのではないでしょうか。

私のイメージを遥《はる》かに超える再現度で、彼女たちを描いてくださったシソ様には足を向けて寝られません。あまりの可愛《かわい》さに、暇さえあればニヤニヤとイラストを眺めています。

素敵なイラストをありがとうございました。

また、右も左も分からない私を導いてくださった担当のK様。書籍化作業は何をするにしても新鮮で、楽しかったです。これもひとえに、すぐに道に迷ってしまう私を、K様が明るくリードしてくださったおかげです。

本書の制作に関わってくださった全ての皆様、本当にありがとうございました。

ページに限りがあるので最後に一言だけ。

私の人生で本を出版する事ができたのは、私のことを応援してくださった方の存在あってのものだと思っています。一つ一つのコメントに励まされ、今日まで執筆活動を続ける事ができました。ありがとうございました。

叶《かな》うことなら、二巻でまたお会いしましょう♪

※本書はカクヨムに掲載された『昔あげた「なんでも言うコト聞く券」のせいで、幼馴染から婚約を迫られているのだが』を改題・加筆修正したものです。

お便りはこちらまで

〒一〇二-八一七七
ファンタジア文庫編集部気付
朝陽千早（様）宛
シソ（様）宛

富士見ファンタジア文庫

甘《あま》えたい幼馴染《おさななじみ》は「なんでも言《い》うコト聞《き》く券《けん》」を持《も》って、キスをしたいと迫《せま》ってくる

令和4年9月20日　初版発行

著者──朝陽千早《あさひちはや》

発行者──青柳昌行
発　行──株式会社KADOKAWA
〒102-8177
東京都千代田区富士見2-13-3
0570-002-301（ナビダイヤル）
印刷所──株式会社暁印刷
製本所──本間製本株式会社

ISBN978-4-04-074688-3 C0193 ◇◇◇

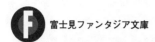

学校……じろじろ見ないで
【朗報】
俺の許嫁になった地味子、家では可愛いしかない。
秘密の結婚生活《ラブコメ》！

ファンタジア文庫
甘えていいし？
家
著者：氷高悠
イラスト：たん旦
親同士の約束で俺に嫁（3次元）ができた!?
相手は地味で目立たない同級生・綿苗結花。
「最近の推しは誰ですか!?」「遊くん…って呼んでもいい？」
趣味もピッタリ、意気投合。
しかも、慣れたら学校では想像できないほど大胆に！
彼女の素顔と、2人だけの生活は可愛さしかない!?
クラスのあの子と

#同棲 #一緒にハミガキ #カップル通り越して夫婦 #糖度300%

I'm gonna live with you not because my parents left me their debt but because I like you

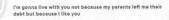

これは世界を救う
1
久遠崎彩禍。三〇〇時間に一度、滅亡の危機を迎える世界を救い続けてきた最強の魔女。そして――玖珂無色に身体と力を引き継ぎ、死んでしまった初恋の少女。
無色は彩禍として誰にもバレないよう学園に通うことになるのだが……油断すると男性に戻ってしまうため、女性からのキスが必要不可欠で!?
シン世代ボーイ・ミーツ・ガール!
王様のプロポーズ
King Propose
橘公司
Koushi Tachibana
[イラスト]――つなこ

最強の初恋
シリーズ
好評発売中！
ファンタジア文庫